頭のいい子を育てる

おばけやようかいがいっぱいでてくる おはなし

主婦の友社

はじめに

子《こ》どもは物語《ものがたり》が大好《だいす》きです。
それは、どんな物語《ものがたり》の中《なか》にも
人生《じんせい》があり、世界《せかい》があるということを
りくつぬきで知《し》っているから。
物語《ものがたり》は、さまざまな人《ひと》のさまざまな人生《じんせい》や
未知《みち》なる世界《せかい》のありようを
生《い》き生《い》きと、わたしたちに見《み》せてくれるから。

物語《ものがたり》を聞《き》き、読《よ》んで、育《そだ》つ子《こ》どもは
たくさんのことばを、たくさんのイメージを
記憶《きおく》の中《なか》にとどめます。
たくさんのことば、たくさんのイメージは
心《こころ》の世界《せかい》を豊《ゆた》かに築《きず》き
豊《ゆた》かに生《い》きぬく力《ちから》の源《みなもと》となるのです。
そう――物語《ものがたり》には、特別《とくべつ》な力《ちから》があるのです。

この本《ほん》でご紹介《しょうかい》する物語《ものがたり》には、
たくさんの「異界《いかい》のもの」たちが登場《とうじょう》します。
おばけ、妖怪《ようかい》、モンスター……。
ときに神《かみ》とあがめられ、
ときにわざわいをもたらすとおそれられた、
想像上《そうぞうじょう》のいきものたち。

1 ちょっぴりこわい 想像《そうぞう》の世界《せかい》を楽《たの》しむ

子《こ》どもたちは、人知《じんち》を超《こ》えた存在《そんざい》をまるごと受《う》けいれ、楽《たの》しむ力《ちから》をもっています。巻頭《かんとう》には日《に》本古来《ほんこらい》の妖怪《ようかい》を中心《ちゅうしん》とした妖怪図鑑《ようかいずかん》もついて、迫力満点《はくりょくまんてん》。おばけや妖怪《ようかい》の世界《せかい》を存分《ぞんぶん》に味《あじ》わえる一冊《さつ》です。

2 親子《おやこ》の豊《ゆた》かなひとときを

お話《はなし》には短《みじか》いものも、少《すこ》し長《なが》めのものもありますが、読《よ》むのにかかる時間《じかん》はごくわずか。心《こころ》にゆとりをもちながら、親子《おやこ》でいっしょに、おばけや妖怪《ようかい》の世界《せかい》を楽《たの》しみましょう。親子《おやこ》で体験《たいけん》するこの豊《ゆた》かなひとときは、きっと将来《しょうらい》にわたって幸福《こうふく》な宝物《たからもの》となるはずです。

3 自分《じぶん》で読《よ》む力《ちから》をはぐくむ

本書《ほんしょ》のお話《はなし》はどれもわかりやすく、リズミカルな日本語《にほんご》で書《か》かれています。お子《こ》さんの成長《せいちょう》にしたがって、自分《じぶん》で読《よ》みたがるようになる日《ひ》がくるでしょう。そのときは、大人《おとな》が読《よ》み聞《き》かせをしてもらう番《ばん》。音読《おんどく》は、国語力《こくごりょく》や読解力《どっかいりょく》をのばすだけでなく、表現力《ひょうげんりょく》やコミュニケーション力《りょく》もはぐくんでくれます。

物語《ものがたり》は、順番《じゅんばん》に読《よ》んでも、好《す》きなものから読《よ》んでも、
お気《き》に入《い》りをくりかえし読《よ》んでも、大丈夫《だいじょうぶ》。
子《こ》どもがひとりで読《よ》めると思《おも》っても
はじめは読《よ》み聞《き》かせてあげてください。
だれかにお話《はなし》を読《よ》んでもらうひとときは
子《こ》どもにとって、宝物《たからもの》のような時間《じかん》なのです。
そして、子《こ》どもが自分《じぶん》で読《よ》みたがるときがきたら——
そのときは、ぜひ子《こ》どもに声《こえ》を出《だ》して読《よ》んでもらいましょう。
子《こ》どもが大人《おとな》に読《よ》み聞《き》かせするのです。
子《こ》どもに読《よ》み聞《き》かせをしてもらう体験《たいけん》は
大人《おとな》にとっても、きっと
かけがえのない、至福《しふく》の時間《じかん》となるでしょう。

さらに、一月後《ひとつきご》、半年後《はんとしご》、一年後《いちねんご》……
時間《じかん》をおいて、何度《なんど》も読《よ》んでみてください。
子《こ》どもは日々《ひび》、成長《せいちょう》します。
同《おな》じお話《はなし》に、ちがう反応《はんのう》がかえってきて
子《こ》どもの思《おも》いがけない成長《せいちょう》を知《し》る……
そんな日《ひ》も、きっとあることでしょう。
どうか、それを見《み》のがさないで。
見《み》まもる大人《おとな》にとって、最上《さいじょう》のよろこびなのですから。

さあ、豊《ゆた》かなことばの海《うみ》へ、こぎだしましょう。
くりかえす豊《ゆた》かな時間《じかん》が、頭《あたま》のいい子《こ》を育《そだ》てます。

4 想像力《そうぞうりょく》をのばす オールカラーの挿絵《さしえ》

本書《ほんしょ》では、今《いま》を代表《だいひょう》するアーティストの手《て》による挿絵《さしえ》がページいっぱいに広《ひろ》がっています。一流《いちりゅう》の挿絵《さしえ》は子《こ》どもたちの想像《そうぞう》力《りょく》の翼《つばさ》を大《おお》きくはばたかせてくれることでしょう。

5 読《よ》み聞《き》かせのヒントになるPOINT

物語《ものがたり》から学《まな》ぶ教訓《きょうくん》や読《よ》み方《かた》のアドバイス、物語《ものがたり》の背景《はいけい》などをPOINTとしてお話《はなし》ごとに掲載《けいさい》しています。読《よ》み聞《き》かせにぜひ役立《やくだ》ててください。

6 読《よ》んだよシール

大人《おとな》に読《よ》んでもらったら「読《よ》んでもらったよ！シール」を、そして、子《こ》どもがひとりで読《よ》みきったら「自分《じぶん》で読《よ》んだよ！シール」を1枚《まい》ずつはりましょう。1話《わ》読《よ》みきるごとに、子《こ》どもは大《おお》きな達成感《たっせいかん》をおぼえることでしょう。

おばけやようかいがいっぱいでてくるおはなし　もくじ

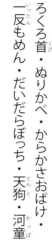

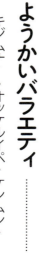

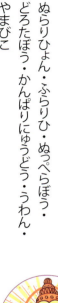

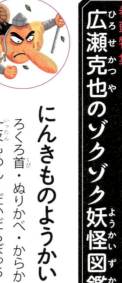

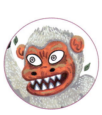

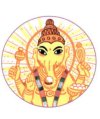

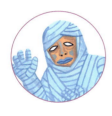

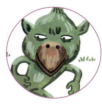

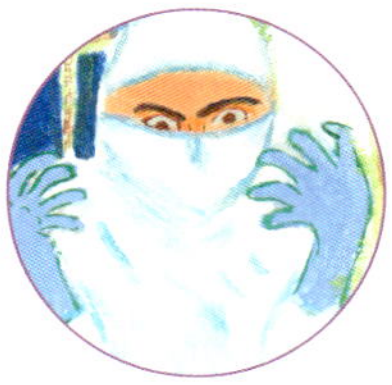

タイトル

巻頭《かんとう》の「ゾクゾク妖怪図鑑《ようかいずかん》」に始《はじ》まって、神話《しんわ》から現代《げんだい》のおはなしまで。
日本《にほん》と世界《せかい》の、さまざまなおばけや妖怪《ようかい》やモンスターのおはなしがいっぱい。
バラエティ豊《ゆた》かでちょっぴりこわい物語《ものがたり》の世界《せかい》を楽《たの》しみましょう。

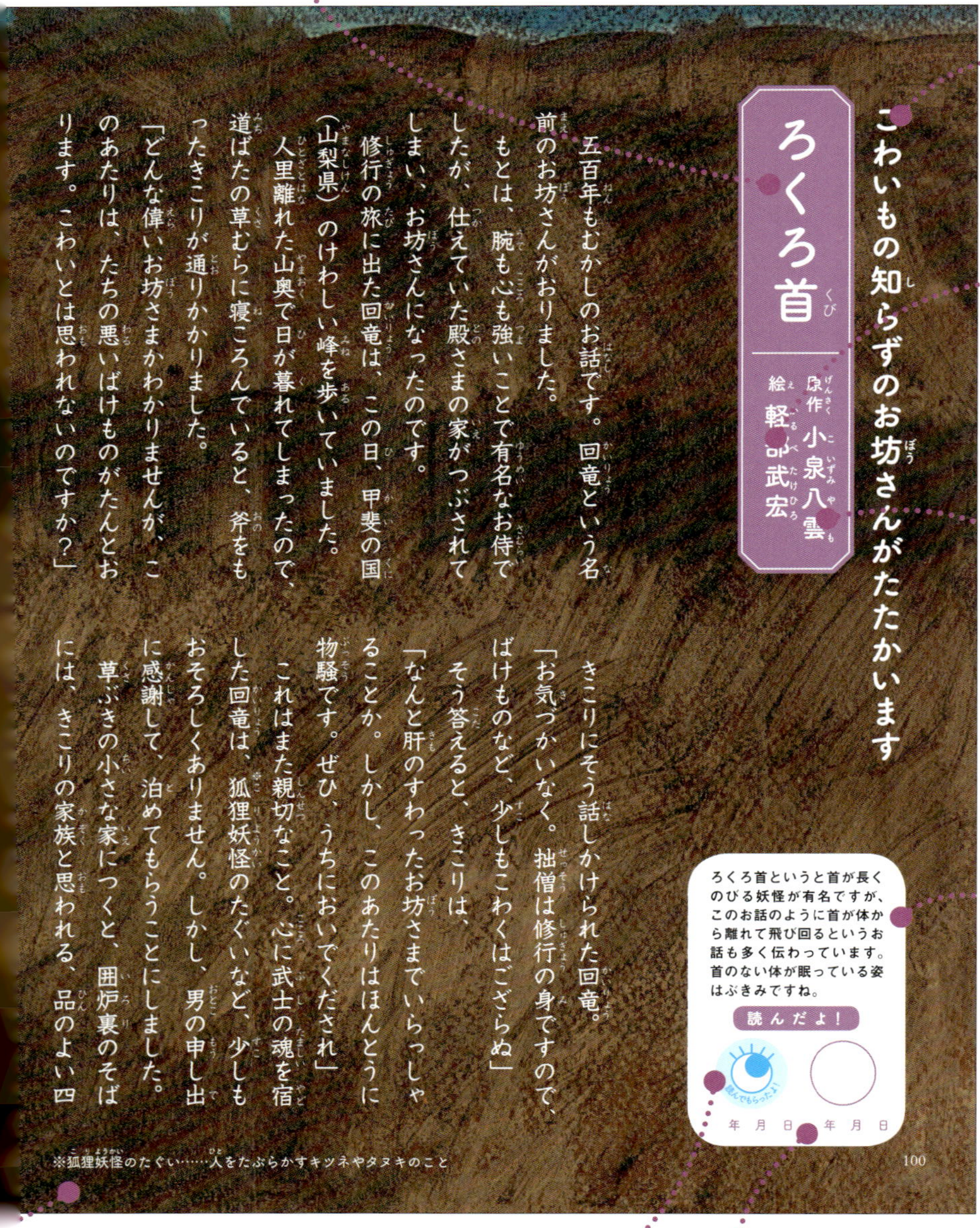

こわいもの知《し》らずのお坊《ぼう》さんがたたかいます

ろくろ首《くび》

原作《げんさく》 小泉八雲《こいずみやくも》
絵《え》 軽部《かるべ》武宏《たけひろ》

五百年《ねん》もむかしのお話《はなし》です。回竜《かいりょう》という名《な》前《まえ》のお坊《ぼう》さんがおりました。

もとは、腕《うで》も心《こころ》も強《つよ》いことで有名《ゆうめい》なお侍《さむらい》でしたが、仕《つか》えていた殿《との》さまの家《いえ》がつぶされてしまい、お坊《ぼう》さんになったのです。

修行《しゅぎょう》の旅《たび》に出た回竜《かいりょう》は、この日《ひ》、甲斐《かい》の国《くに》（山梨県《やまなしけん》）のけわしい峰《みね》を歩《ある》いていました。

人里離《ひとざとはな》れた山奥《やまおく》で日《ひ》が暮《く》れてしまったので、道《みち》ばたの草《くさ》むらに寝《ね》ころんでいると、斧《おの》をもったきこりが通《とお》りかかりました。

「どんな偉《えら》いお坊《ぼう》さまかわかりませんが、このあたりは、たちの悪《わる》いばけものがたんとおります。こわいとは思《おも》われないのですか？」

きこりにそう話《はな》しかけられた回竜《かいりょう》。

「お気《き》づかいなく。拙僧《せっそう》は修行《しゅぎょう》の身《み》ですので、ばけものなど、少《すこ》しもこわくはござらぬ」

そう答《こた》えると、きこりは、

「なんと肝《きも》のすわったお坊《ぼう》さまでいらっしゃることか。しかし、このあたりはほんとうに物騒《ぶっそう》です。ぜひ、うちにおいでくだされ」

これはまた親切《しんせつ》なこと。心《こころ》に武士《ぶし》の魂《たましい》を宿《やど》した回竜《かいりょう》は、狐狸妖怪《こりようかい》のたぐいなど、少《すこ》しもおそろしくありません。しかし、男《おとこ》の申《もう》し出《で》に感謝《かんしゃ》して、泊《と》めてもらうことにしました。

草《くさ》ぶきの小《ちい》さな家《いえ》につくと、囲炉裏《いろり》のそばには、きこりの家族《かぞく》と思《おも》われる、品《ひん》のよい四

※狐狸妖怪《こりようかい》のたぐい……人《ひと》をたぶらかすキツネやタヌキのこと

ろくろ首というと首が長くのびる妖怪が有名ですが、このお話のように首が体から離れて飛び回るというお話も多く伝わっています。首のない体が眠っている姿はぶきみですね。

読んだよ！

読んでもらったよ！

年　月　日　年　月　日

100

リード

さあ、どんなおはなしが始《はじ》まるでしょう。わくわく感《かん》を高《たか》めましょう。

絵《え》をかいた人《ひと》

おはなしごとに、さまざまな画風《がふう》のアーティストに絵《え》をかいてもらっています。絵《え》を見《み》くらべて、その違《ちが》いを楽《たの》しんでみましょう。

作者名《さくしゃめい》

「作《さく》」は、おはなしの作者《さくしゃ》。「文《ぶん》」とあるのは、古典《こてん》などをこの本《ほん》のために書《か》きおろした作家《さっか》。読《よ》み聞《き》かせ用《よう》にアレンジされた作品《さくひん》の作《さっ》家名《かめい》は「原作《げんさく》」と表記《ひょうき》しました。

POINT

物語《ものがたり》から学《まな》ぶ教訓《きょうくん》や、背景《はいけい》・エピソードなどを紹介《しょうかい》しています。じっさいにおはなしを読《よ》んでどう感《かん》じたか、親子《おやこ》でいろいろ話《はな》してみるのもいいですね。

読《よ》んだよ！シール

読《よ》み聞《き》かせをしたら、「読《よ》んでもらったよ！シール」を、子《こ》どもが自分《じぶん》で読《よ》んだら、「自分《じぶん》で読《よ》んだよ！シール」をはりましょう。シールは巻末《かんまつ》についています。

読《よ》んだ日《ひ》

読《よ》んだ日《ひ》を書《か》いておきましょう。日付《ひづけ》といっしょに、まだむずかしいと感《かん》じたら「△」、とてもおもしろかったら「❀」など書《か》きそえておくと、子《こ》どもの心《こころ》の成長記録《せいちょうきろく》としても役立《やくだ》ちます。

この本《ほん》の楽《たの》しみ方《かた》

楽《たの》しく読《よ》めるくふうがもりだくさん！

読《よ》み聞《き》かせでも、音読《おんどく》でも、「わがや」流《りゅう》の楽《たの》しみ方《かた》をさぐってみてください。

挿絵《さしえ》

現在活躍中《げんざいかつやくちゅう》のアーティストの挿絵《さしえ》で、イメージをふくらませましょう。ページいっぱいに広《ひろ》がる絵《え》は迫力満点《はくりょくまんてん》！

本文《ほんもん》

最初《さいしょ》は、大人《おとな》から子《こ》どもへ読《よ》み聞《き》かせしてみてください。子《こ》どもが自分《じぶん》で読《よ》みたがるようになったら、ぜひ音読《おんどく》してもらいましょう。文章《ぶんしょう》は子《こ》どもでもむりなく楽《たの》しく読《よ》めるよう、平易《へいい》でリズムよくしてあります。

人《にん》の男女《だんじょ》がいて、回竜《かいりょう》にうやうやしくおじぎをしました。

やがてきこりと話《はなし》をしているうちにわかったことには、この男《おとこ》は、もとはある殿《との》さまに仕《つか》える、身分《みぶん》の高《たか》い家来《けらい》だったのだが、罪《つみ》をおかして、家族《かぞく》ごと城《しろ》を追《お》いだされてしまったのだとか。

「我《われ》と我《わ》が身《み》の罪《つみ》の大《おお》きさにはかないませんが、せめてものつぐないに、こまった人々《ひとびと》をみれば少《すこ》しでも助《たす》けになりたい。日《ひ》ごろからそう思《おも》っておりました。そこで、今夜《こんや》の宿《やど》を、お坊《ぼう》さまにお声《こえ》をかけたのです」

と話《はな》す、この家《いえ》の主人《しゅじん》である男《おとこ》。

「それはすばらしい心《こころ》がけだ。おぬしの心《こころ》の清《きよ》さはたしかなものだろう。さらによい運《うん》がむいてくるように、おぬしとご家族《かぞく》のために心《こころ》をこめて仏《ほとけ》に祈《いの》ってしんぜよう」

男《おとこ》の身《み》の上話《うえばなし》に感心《かんしん》した回竜《かいりょう》は、男《おとこ》のために、ありがたいお経《きょう》を読《よ》むことにしました。

101

音読《おんどく》してみましょう！

文章《ぶんしょう》を声《こえ》に出《だ》して読《よ》むと、脳《のう》が刺激《しげき》され、考《かんが》える力《ちから》や記憶力《きおくりょく》、人《ひと》とコミュニケーションをとる力《ちから》など、さまざまな力《ちから》をのばすといわれています。小学校《しょうがっこう》でも音読《おんどく》に力《ちから》をいれているのがうなずけますね。

効果《こうか》を高《たか》める秘訣《ひけつ》は、毎日少《まいにちすこ》しずつでいいからつづけること。ぜひこの本《ほん》のおはなしをくりかえし音読《おんどく》してみてください。

注釈《ちゅうしゃく》

おはなしにでてくる特殊《とくしゅ》なことばやむずかしいことばを解説《かいせつ》しています。

にんきもののようかい

日本《にほん》の妖怪《ようかい》は、山《やま》にも川《かわ》にも、お屋敷《やしき》にも!?

◎ろくろ首《くび》
夜《よる》になると、首《くび》がするするのびる妖怪《ようかい》。首《くび》が空《そら》を飛《と》ぶという「ぬけ首《くび》」タイプのろくろ首《くび》もいる。

◎ぬりかべ
暗《くら》い夜道《よみち》で壁《かべ》のように立《た》ちはだかる、ちょっとおじゃまな妖怪《ようかい》。

◎からかさおばけ
一本足《いっぽんあし》に高下駄《たかげた》をはいた、かさの妖怪《ようかい》。古《ふる》い道具《どうぐ》などに魂《たましい》が宿《やど》るという「付喪神《つくもがみ》」の一種《いっしゅ》。

◎一反《いったん》もめん
長《なが》～い木綿《もめん》の布《ぬの》のような妖怪《ようかい》。ひらひらと空《そら》を飛《と》び、人《ひと》をおそうこともあるという。

◎だいだらぼっち
「山《やま》をつくった」「手《て》をついたら湖《みずうみ》になった」など、日本各地《にほんかくち》に伝説《でんせつ》が残《のこ》る心《こころ》やさしい大男《おおおとこ》。

◎天狗《てんぐ》
山《やま》で起《お》きるふしぎなことは、天狗《てんぐ》のしわざ。「山《やま》の神《かみ》」のような存在《そんざい》で、信仰《しんこう》の対象《たいしょう》にも。

◎河童《かっぱ》
人気妖怪《にんきようかい》ナンバーワン。川《かわ》に引《ひ》きずりこまれるなどのこわいウワサもあるので、油断《ゆだん》は禁物《きんもつ》。

一反《いったん》もめん
天狗《てんぐ》
河童《かっぱ》
だいだらぼっち

こわ～い ようかい

そのおそろしさは、見た目《みため》ばかりではありません……

◎まいくび
刀《かたな》で斬《き》りあう武士《ぶし》が、首《くび》だけになっても争《あらそ》いつづける亡霊《ぼうれい》。

◎天井《てんじょう》さがり
長《なが》い髪《かみ》をふり乱《みだ》したおばあさんが天井《てんじょう》からぶらさがる。見《み》た目《め》はこわいが、悪《わる》さはしない。

◎女郎蜘蛛《じょろうぐも》
クモの糸《いと》をまきつけて滝《たき》に引《ひ》きこむ。美《うつく》しい女《おんな》のすがたであらわれ、相手《あいて》を油断《ゆだん》させることも。

◎うみぼうず
坊主頭《ぼうずあたま》の黒《くろ》い巨大《きょだい》な大入道《おおにゅうどう》。荒《あ》れた海《うみ》で船《ふね》を沈《しず》めたり、かがり火《び》を消《け》したりするらしい。

◎うしおに
水辺《みずべ》で人《ひと》をおそう妖怪《ようかい》。その目《め》に見《み》つめられると動《うご》けなくなる。

◎ひだるがみ
山道《やまみち》でこの妖怪《ようかい》にあうと、急《きゅう》におなかがすいて動《うご》けなくなってしまう。山《やま》で飢《う》え死《じ》にした人《ひと》がばけて出《で》るともいわれる。

◎二口女《ふたくちおんな》
頭《あたま》の後《うし》ろに大《おお》きな口《くち》をかくし、ヘビのような髪《かみ》で、大量《たいりょう》に食《た》べまくる妖怪《ようかい》。別名《べつめい》・食《く》わず女房《にょうぼう》。

女郎蜘蛛《じょろうぐも》
うしおに
ひだるがみ
二口女《ふたくちおんな》

へんてこようかい

ちょっぴり人間《にんげん》くさくて、かなりへんてこな妖怪《ようかい》たち！

◎おばけげた
古《ふる》い下駄《げた》に人《ひと》の顔《かお》。悪《わる》さはしないけれど、鼻緒《はなお》が切《き》れると「いてーいてー」と痛《いた》がるという。

◎どうもこうも
一つの体《からだ》に二つの頭《あたま》をもつ妖怪《ようかい》。「どうも」と「こうも」という二人《ふたり》の医者《いしゃ》が、お互《たが》いの首《くび》を切《き》ってぬいつけようとして、失敗《しっぱい》して妖怪《ようかい》になったらしい。

◎ごたいめん
五体《ごたい》（頭《あたま》と両手両足《りょうてりょうあし》）がほとんど面《めん》（顔《かお》）」という奇妙《きみょう》な妖怪《ようかい》。

◎ぬれおんな
髪《かみ》がいつもぬれているウミヘビの妖怪《ようかい》。こわいうしおにの仲間《なかま》。

◎つるべおとし
木《き》の上《うえ》から落《お》ちてきて、ゲラゲラ笑《わら》って人《ひと》をおどかす。人《ひと》さわがせな、なま首《くび》の妖怪《ようかい》。

◎どうのつら
胴体《どうたい》が「つら（顔《かお》・面《めん》）」だから、「どうのつら」。

◎てながあしなが
足長人《あしながじん》が手長人《てながじん》をせおって、海《うみ》でえものをとる。二人《ふたり》そろうと最強《さいきょう》（？）な妖怪《ようかい》コンビ。

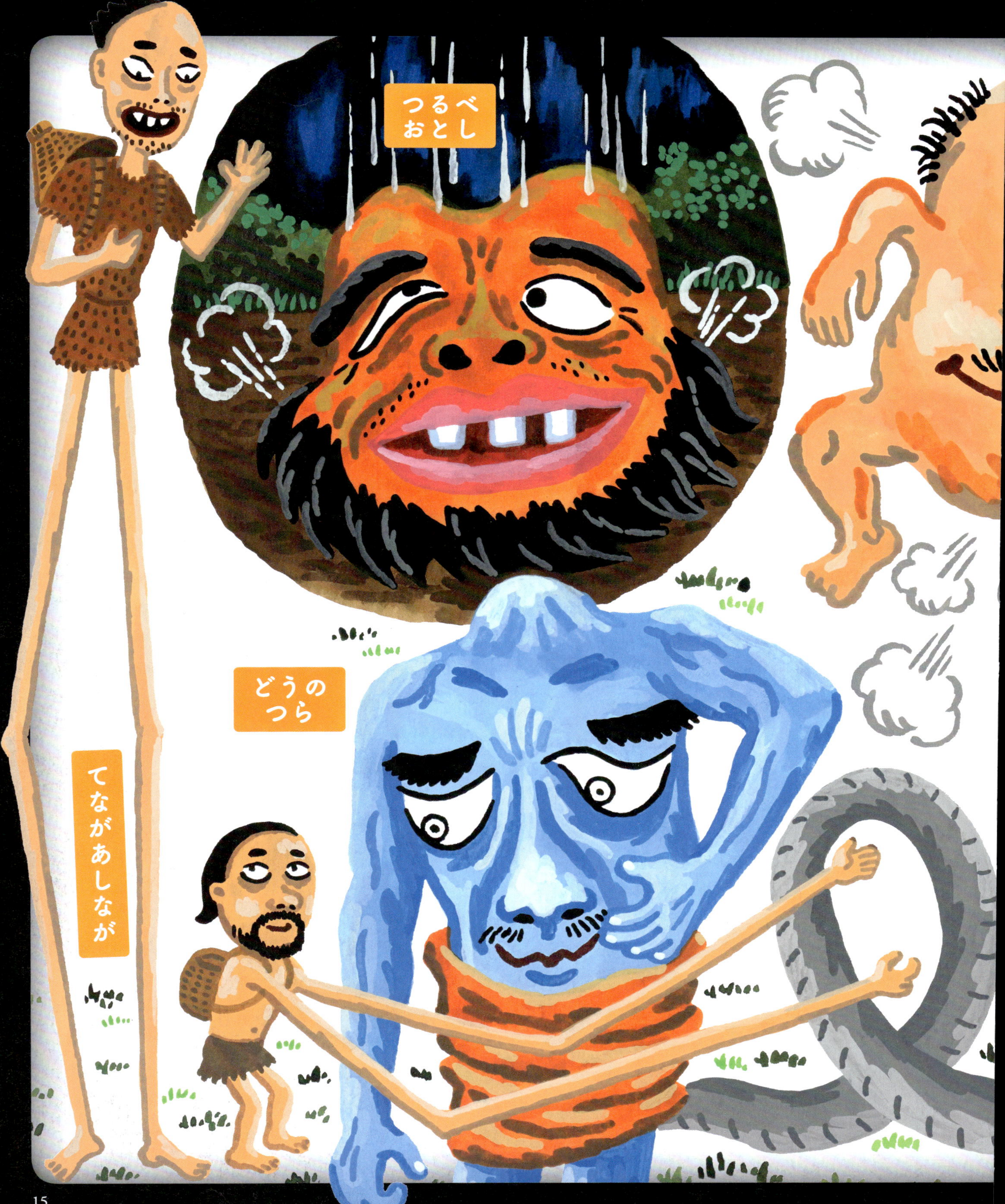
つるべおとし
どうのつら
てながあしなが

おもしろようかい

いったい何《なに》がしたいのか、よくわからない妖怪《ようかい》も！

◉**ぬらりひょん**
妖怪《ようかい》の親玉《おやだま》のようにいわれるが、実《じつ》はなぞ。人《ひと》の家《うち》にあがりこんで、のらりくらりとお茶《ちゃ》をのむ。

◉**ふらりび**
ふらりふらりと宙《ちゅう》をまう鬼火《おにび》。

◉**ぬっぺっぽう**
顔《かお》なのか体《からだ》のしわなのか、よくわからない肉《にく》のかたまり妖怪《ようかい》。「ぬっぺふほふ」ともよばれる。

◉**どろたぼう**
泥《どろ》の中《なか》から両手《りょうて》をのばして「田《た》を返《かえ》せ」とさけびつづける、一つ目《め》で黒《くろ》い体《からだ》をした爺《じい》さん妖怪《ようかい》。

◉**かんぱりにゅうどう**
厠《かわや》（トイレ）にいる妖怪《ようかい》。江戸《えど》時代《じだい》には、大《おお》みそかに厠《かわや》で「かんぱりにゅうどうホトトギス」と唱《とな》えれば、翌年《よくとし》、妖怪《ようかい》にあわずにすむと信《しん》じられていた。

◉**うわん**
目《め》を見開《みひら》き「うわっ」と大声《おおごえ》をあげて、夜道《よみち》を歩《ある》く人《ひと》をおどろかせるらしい。ただそれだけ。

◉**やまびこ**
山《やま》で「ヤッホー」と呼《よ》ぶと「ヤッホー」と答《こた》える妖怪《ようかい》。

かんぱりにゅうどう
どろたぼう
ふらりび
やまびこ
うわん

どうぶつのようかい

むかしから、身近《みぢか》な動物《どうぶつ》ほど、あやしい目撃談《もくげきだん》が！

◉九尾《きゅうび》のきつね
尾《お》が九本《ほん》あるキツネの妖怪《ようかい》。玉藻前《たまものまえ》という美女《びじょ》にばけて日本征服《にほんせいふく》をはかり、最後《さいご》は殺生石《せっしょうせき》という石《いし》にされたという伝説《でんせつ》で有名《ゆうめい》。

◉つちのこ
胴《どう》が太《ふと》いヘビのような形《かたち》の妖怪《ようかい》。

◉さるがみ
いけにえをほしがる大猿《おおざる》の妖怪《ようかい》。

◉かわうそ
人《ひと》のすがたにばけて、夜道《よみち》を歩《ある》く人《ひと》のちょうちんを消《け》すなどのいたずらをする。

◉ねこまた
年《とし》をとったネコの妖怪《ようかい》。尾《お》がふたまたにわかれ、ことばを話《はな》す。

◉くだん
顔《かお》は人《ひと》で、体《からだ》は牛《うし》の妖怪《ようかい》。牛《うし》から生《う》まれ、病気《びょうき》の流行《りゅうこう》など、世《よ》の中《なか》の悪《わる》い未来《みらい》を予言《よげん》する。

◉たぬきばやし
夜《よる》、どこからともなく聞《き》こえてくる太鼓《たいこ》の音《おと》。音《おと》のありかをさがすうちに、大人《おとな》も迷子《まいご》になる。

◉うまのあし
夜《よる》、木《き》の枝《えだ》にぶらさがり、気《き》づかずに通《とお》ろうとした人《ひと》を蹴《け》る。

ねこまた
くだん
たぬきばやし
うまのあし

ようかいバラエティ

南《みなみ》の島《しま》や北《きた》の大地《だいち》、都市伝説《としでんせつ》にも妖怪《ようかい》が！

◎キジムナー
赤《あか》い髪《かみ》の毛《け》をした沖縄《おきなわ》のふしぎな妖精《ようせい》がキジムナー。ガジュマルの木《き》にすむ、気《き》のいい、いたずらっ子《こ》として知《し》られる。

◎オッケルイペ
アイヌの人《ひと》たちが語《かた》りついだという、おなら妖怪《ようかい》。くさーいおならで、そこにいるとわかる。

◎ケンムン
鹿児島《かごしま》の奄美諸島《あまみしょとう》に伝《つた》わる妖怪《ようかい》。魚《さかな》の目玉《めだま》とカタツムリが大好《だいす》き。

◎人面犬《じんめんけん》
高速道路《こうそくどうろ》をありえない速《はや》さで走《はし》る、人《ひと》の顔《かお》をしたイヌの妖怪《ようかい》。

◎メリーさん
捨《す》てたはずの人形《にんぎょう》のメリーさんが電話《でんわ》をかけてくる。「もしもし、わたしメリーさん。いま、あなたの家《いえ》の前《まえ》にいるの」

◎花子《はなこ》さん
だれもいないはずの深夜《しんや》の学校《がっこう》のトイレにいるという女《おんな》の子《こ》。

◎口裂《くちさ》け女《おんな》
突然《とつぜん》あらわれ、「わたし、きれい？」と聞《き》いてきて、マスクをとると、口《くち》が耳《みみ》まで裂《さ》けている。

メリーさん
花子《はなこ》さん
口裂《くちさ》け女《おんな》
人面犬《じんめんけん》

西洋《せいよう》のかいぶつたち

ヨーロッパには、こわ〜い怪物《かいぶつ》の伝説《でんせつ》がいっぱい！

◉吸血鬼《きゅうけつき》

人間《にんげん》の生《い》き血《ち》を吸《す》って、永遠《えいえん》に生《い》きつづけるという怪物《かいぶつ》。ドラキュラ伯爵《はくしゃく》が有名《ゆうめい》。

◉ミイラ男《おとこ》

古代《こだい》エジプトでは、復活《ふっかつ》を信《しん》じて王《おう》の死体《したい》をミイラにして保存《ほぞん》した。そんな王家《おうけ》の墓《はか》に入《はい》るどろぼうをおそう怪物《かいぶつ》がミイラ男《おとこ》。

◉ゴーレム

泥《どろ》をこねてつくられた、巨大《きょだい》な泥人形《どろにんぎょう》の怪物《かいぶつ》。命《いのち》が宿《やど》り、人《ひと》の命令《めいれい》にしたがって動《うご》く。

◉マーメイド

上半身《じょうはんしん》が人間《にんげん》で、下半身《かはんしん》が魚《さかな》という伝説《でんせつ》の生《い》きもの。ヨーロッパではギリシャ神話《しんわ》のセイレーンや、その歌声《うたごえ》で舟《ふね》を沈《しず》めるライン川《がわ》のローレライ伝説《でんせつ》などが有名《ゆうめい》。日本《にほん》にも人魚伝説《にんぎょでんせつ》は多《おお》い。

◉クラーケン

北極《ほっきょく》の海《うみ》に住《す》む、巨大《きょだい》なタコのようなイカのような怪物《かいぶつ》。

◉狼男《おおかみおとこ》

ふだんは人間《にんげん》として生活《せいかつ》しているが、満月《まんげつ》の夜《よる》に月《つき》を見《み》ると、変身《へんしん》して狼《おおかみ》になってしまう。

ミイラ男《おとこ》
マーメイド
狼《おおかみ》男《おとこ》
クラーケン

ゾクゾク妖怪図鑑《ようかいずかん》

東洋《とうよう》のふしぎなかみさま

中国《ちゅうごく》やインドから伝《つた》わった、聖《せい》なる神々《かみがみ》あらわる！

◎龍《りゅう》

中国《ちゅうごく》に古《ふる》くから伝《つた》わる霊獣《れいじゅう》。竜《たつ》巻《まき》となって天《てん》にのぼり、自由《じゆう》に飛《と》びまわることができる。荒々《あらあら》しい性質《せいしつ》と恵《めぐ》みをもたらす神《かみ》のような性質《せいしつ》とをあわせもつ。日《に》本《ほん》では、龍《たつ》（竜）ともよばれ、龍神《りゅうじん》として雨乞《あまご》いの対象《たいしょう》になるなど、伝説《でんせつ》は数多《かずおお》い。

◎鳳凰《ほうおう》

中国《ちゅうごく》に古《ふる》くから伝《つた》わる、おめでたいことがあるとあらわれる鳥《とり》。卵《たまご》は不老長寿《ふろうちょうじゅ》の薬《くすり》になるらしい。仙人《せんにん》がすむ崑崙山《こんろんさん》にいるという。

◎シヴァ

インドのヒンドゥー教《きょう》の神《かみ》さま。青黒《あおぐろ》い肌《はだ》で首《くび》にヘビを巻く独特《どくとく》のすがたで、すべてを破壊《はかい》する力《ちから》をもつおそろしい存在《そんざい》。

◎ガネーシャ

ヒンドゥー教《きょう》の神《かみ》さま。象《ぞう》の頭《あたま》と、四本《ほん》の腕《うで》をもつ。

◎ガルダ

インド神話《しんわ》に登場《とうじょう》する炎《ほのお》のように光《ひか》る神《かみ》の鳥《とり》。インドネシアではガルーダ、仏教《ぶっきょう》では守護神《しゅごしん》の一人《ひとり》、迦楼羅《かるら》とよばれる。

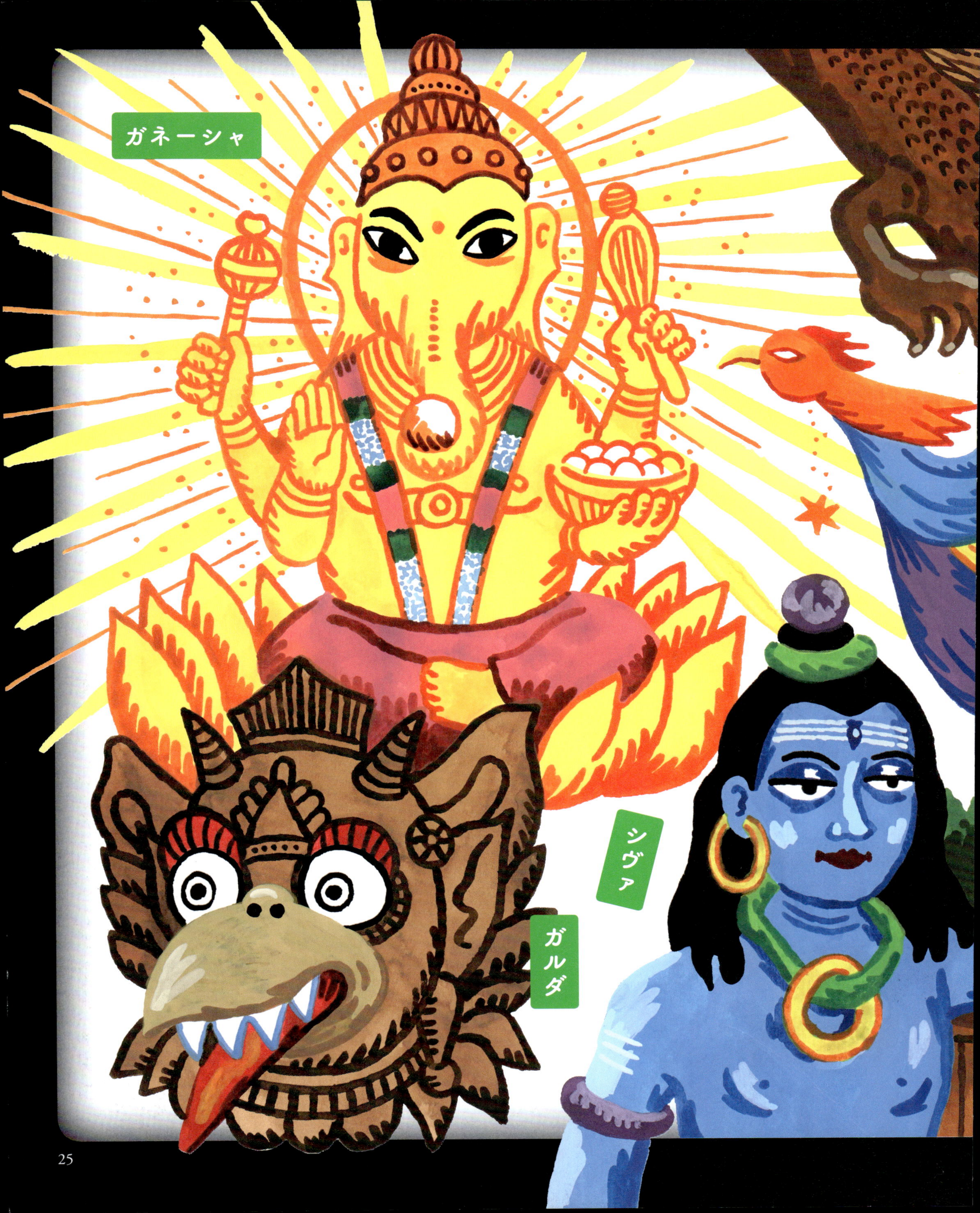
ガネーシャ
シヴァ
ガルダ

オバケはやっぱりいたのです

赤《あか》いオバケと白《しろ》いオバケ

作《さく》 北《きた》杜《もり》夫《お》
絵《え》 市《いち》居《い》みか

「どくとるマンボウ」として知られる作家のユーモラスな童話です。ベーゴマ、ビー玉、チンドン屋さんに、フーセンガム。オバケちゃんたちと、ちょっぴり昭和レトロな風物を楽しんで。

読んだよ！

読んでもらったよ！ 年 月 日　読んでもらったよ！ 年 月 日

青《あお》山《やま》墓《ぼ》地《ち》というところを知《し》っていますか。東《とう》京《きょう》の青《あお》山《やま》にあるひろい墓《ぼ》地《ち》です。わたしの家《いえ》は、その墓《ぼ》地《ち》のそばにありました。そして、わたしの子《こ》どものころは、墓《ぼ》地《ち》は、いまよりももっとひろく、はてしのないように思《おも》われました。

ほんとうは墓《ぼ》地《ち》のひろさは、かわりはありません。ですけれど、子《こ》どもの目《め》には、そんなふうにうつったのです。

そして、こんな歌《うた》がありました。

青《あお》山《やま》ぼちから
白《しろ》いオバケがみっつみつ
赤《あか》いオバケがみっつみつ
そのまたあとから
はかまはいた書《しょ》生《せい》さんが
スッポンポンのポン

わたしたち子《こ》どもらは、この歌《うた》をうたうと、ますます墓《ぼ》地《ち》がこわくなりました。なぜなら、墓《ぼ》地《ち》には大《おお》きな木《き》がたくさんはえていて、ひるまもうすぐらく、おそろしく見《み》えたものですから。

赤《あか》いオバケと白《しろ》いオバケどころか、青《あお》いオ

バケも、むらさきのオバケも、そのほか、ユーレイ、カイブツ、一《ひと》つ目小僧《めこぞう》、大入道《おおにゅうどう》、五万五千五百五十五匹《ひき》のキツネとムジナがすんでいるように思《おも》われました。それは、墓地《ぼち》の墓石《はかいし》のひとつひとつのかげ、年《とし》とってコケのむした老木《ろうぼく》のうろに、いくらでもひそんでいるようでした。

ですけれど、
わたしたちはだんだん大《おお》きくなりました。
小《ちい》さな子《こ》どもから
中《ちゅう》くらいの子《こ》ども、
中《ちゅう》くらいの子《こ》どもから
大《おお》きな子《こ》どもになりました。
それにつれて、
六万六千六百六十六匹《ぴき》の
あやしいオバケやムジナたちは、
いつのまにか三千匹《びき》くらいになり、
三百匹《ぴき》になり
三十匹《ぴき》となり、
三匹《びき》となり、
ついには
まったくいなくなってしまいました。
ばかばかしい、
オバケなんて、
もともといなかったのですからね。

ところが、オバケはやっぱりいたのです。
小《ちい》さな、あまりこわそうでない赤《あか》いオバケと白《しろ》いオバケが、たった一匹《ぴき》ずつ、のこっておりました。
いや、二人《ふたり》といってもよいかもしれません。
このオバケたちは、ちゃんと人間《にんげん》のことばを知《し》っていましたから。

二人《ふたり》のオバケは、墓石《はかいし》のかげで、ぶつぶつと相談《そうだん》しました。

「どうも時代《じだい》がわるくなった」

と、赤《あか》いオバケがぼやきました。

「むかしは、人間《にんげん》たちは、もっとおれたちをこわがったものだ。子《こ》どもなんか、夕方《ゆうがた》になるとこわがって墓地《ぼち》へはいってこなかったものだ。たまに子《こ》どもがのこっていると、おれはちょっと、あたまの先《さき》かしっぽの先《さき》をヒラヒラと見《み》せてやる。すると子《こ》どもはびっくりして、ひっくりかえって、たいていヤキイモかアメダマをおっことして逃《に》げていったものだ」

「子《こ》どもだけじゃなかったよ」

と、白《しろ》いオバケがいいました。

「おとなだって、おれたちをこわがった。ところが、ちかごろでは、もうこの世《よ》にオバケがいないという教育《きょういく》がいきとどいてしまった。これではおれたちは失業《しつぎょう》だ」

「こんなことをしていると、おれたちのいる理由《りゆう》がなくなってしまう。ひとつ、大々的《だいだいてき》に人間《にんげん》たちをおどかしてやらないといかん」

と、赤《あか》いオバケが腕《うで》ぐみをしました。

「だが、いまは、おれたちがたとえ出《で》ていっても、みんなはオバケと思《おも》ってくれない。できそこないの風船《ふうせん》かボロキレでもおちてるとしか思《おも》わない」

「いまの世《よ》の中《なか》は、宣伝時代《せんでんじだい》だ」

と、白《しろ》いオバケが、急《きゅう》にいきおいこんでいいました。

「ひとつ、大々的《だいだいてき》に、はでに、宣伝《せんでん》をしてみたらよいだろう」

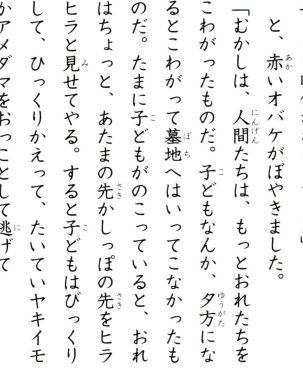

「そうだ、まず人間《にんげん》どもに、まだおれたちが生《い》きていることを教《おし》えてやろう」
と、二人《ふたり》はようやく元気《げんき》づきました。

　二人《ふたり》のオバケは、
木《き》のあなにかくしておいた、
先祖《せんぞ》でんらいのタカラモノを
とりだしました。
子《こ》どもたちが落《お》としていった
ベーゴマからビー玉《だま》から、
一銭《せん》、五銭《せん》、十銭《せん》などの
むかしのお金《かね》をとりだしました。
そのほか、金《きん》や銀《ぎん》のタカラモノも
あります。
なにしろ何千年《なんぜんねん》というあいだ
代々《だいだい》うけついできたタカラモノですから、
いろんなものがあります。

　二人《ふたり》のオバケは、そのお金《かね》でチンドン屋《や》を
十人《にん》、やといました。
　オープンカーを一台《だい》かりました。
　それからノボリをたてて、東京《とうきょう》の大通《おおどお》りに
くりだしました。

ブーブー、ドンドンドン
いさましい楽隊《がくたい》の音《おと》。
二人《ふたり》のオバケは、先頭《せんとう》のオープン・カーにのって、ひらひらと、あたまやしっぽをうごかしました。

人間《にんげん》たちは、いったいなんだろうと、大《おお》ぜいよってきて、ガヤガヤいいあいました。

「君《きみ》、君《きみ》。このパレードは、いったいなんだね？」

と、一人《ひとり》の紳士《しんし》がチンドン屋《や》の一人《ひとり》にききました。

「わたしたちもなんだかわからないので。あのオープン・カーにのっているおかしな二人《ふたり》にきいてください」

そこで紳士《しんし》は、自動車《じどうしゃ》のそばに走《はし》っていって、

「もしもし、あなた方《がた》は、いったいなんですか？」

と、たずねました。

「おれはオバケだぞ」

と、赤《あか》いオバケはせいいっぱいこわそうな声《こえ》でいいました。

「そうだ。そして、このおれもやっぱりオバケだぞ」

と、白《しろ》いオバケもいいました。

「ははあ、オバケさんで」

と、紳士《しんし》は、ちっともびっくりせずにいいました。

「なかなかおもしろいかっこうですな」

「姿《すがた》だってかえられるぞ」

と、赤《あか》いオバケがいいました。

「のびたり、ちぢんだりもできるのだぞ。どうだ、こわいだろう？」

「こわくはありませんが、なにしろすてきだ」

と、紳士《しんし》は両手《りょうて》をうちました。

「あなたたち、ひとつわたしとケイヤクしてください」

「なんだって？」

「ケイヤクです。わたしはこういう者《もの》で」

と、紳士《しんし》は名刺《めいし》をとりだしました。それには、「赤白印風船《あかしろじるしふうせん》ガム株式会社《かぶしきがいしゃ》宣伝部部長《せんでんぶぶちょう》」とかいてありました。

「ひとつ、ぜひあなた方《がた》で、テレビに出《で》ていただきたい。色《いろ》もぴったりだし、のびたりちぢんだりできるのなら、もう、うってつけです」

赤《あか》いオバケと白《しろ》いオバケは、ひそひそ相談《そうだん》しました。

「いったいどうしたものだろう?」

「いや、時代《じだい》おくれになってはいけない。テレビに出《で》られれば、全国《ぜんこく》じゅう、みんながおれたちのことを知《し》ってくれる。これが一番《いちばん》いい宣伝《せんでん》になる」

「そうか。それならひとつ、出《で》てみるか」

こうして、二人《ふたり》のオバケは、テレビに出《で》るようになりました。

赤白印風船《あかしろじるしふうせん》ガムの、コマーシャルです。

二人《ふたり》のオバケはまず風船《ふうせん》ガムをかんでみせ、それからガムをプーッとふくらまし、同時《どうじ》に、自分《じぶん》たちも風船《ふうせん》のようにふくれてみせました。

いやもう、たいへんな人気《にんき》です。

「赤白印風船《あかしろじるしふうせん》ガム」は、とうとう「オバケじるし風船《ふうせん》ガム」と、名前《なまえ》をかえました。

子《こ》どもたちは、まちかまえてテレビの画面《がめん》を見《み》ます。

コマーシャル・ソングがひびきます。

オバケ　オバケ
あたしたちのオバケ
のびるぞ　のびるぞ
どんどん　のびるぞ
ふくらみかたも　変幻自在《へんげんじざい》
まあ　すてき
オバケーじるし
フウセンガーム!

オバケじるし
フウセンガム

みんなは、テレビを見《み》て、

「まあ、おもしろい」

とか、

「なんてかわいいオバケでしょう」

とか、ため息《いき》をつきます。

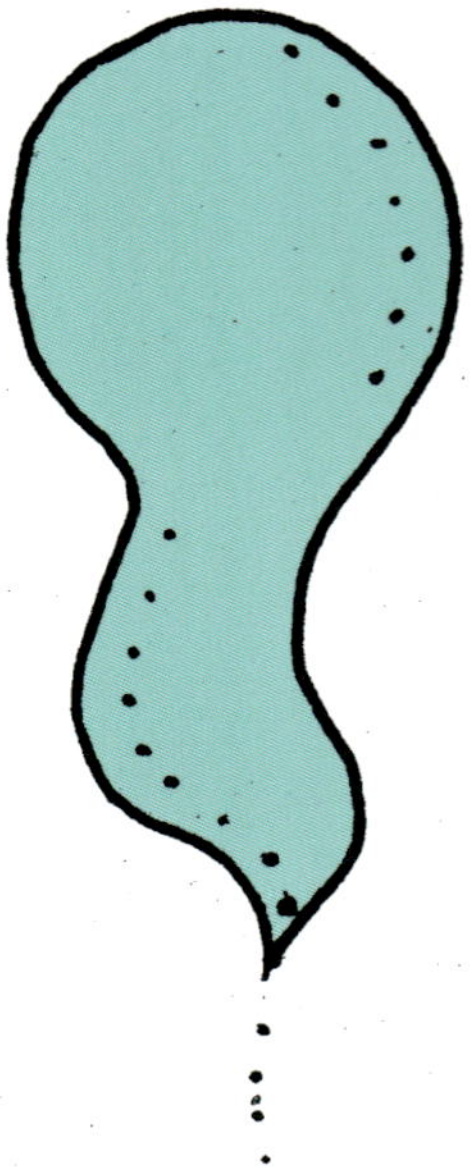

ファン・レターがどんどんきます。

「あたしの好《す》きなオバケちゃん。あなたのお顔《かお》を見《み》ないと、夜《よる》もねむれないの」

とか、

「赤《あか》いオバケさま。きょうのテレビの、あなたのしっぽのふりかたのすばらしかったこと！　もうボウーッとなっちゃったわ」

とか、毎日《まいにち》、五万五千五百五十五通《つう》のファン・レターが、赤《あか》いオバケと白《しろ》いオバケのところへ配達《はいたつ》されます。


二人《ふたり》のオバケは、はじめは、わるくない気《き》持《も》ちでした。

みんなの人気《にんき》のまとになり、チヤホヤされるのには、オバケでも人間《にんげん》でも、だれでもいやじゃありませんからね。
それでも、なにしろ二人《ふたり》はオバケなので、人間《にんげん》たちにこわがられず、かわいがられるのには、内心《ないしん》、気《き》がとがめてもおりました。

ある夜《よ》のことです。

二人《ふたり》のオバケは、ベッドの中《なか》で、安《やす》らかにねむっていました。

むかしは、草《くさ》むらの中《なか》、木《き》のあななどで夜《よる》をすごしたのですが、ちかごろはお金《かね》もちになったので、電気《でんき》ストーブ、テレビ、ステレオなどをそろえて、大《おお》きなアパートにすんでいたのです。

ふと、胸苦《むなぐる》しさをおぼえて、二人《ふたり》のオバケが目《め》をさますと、部屋《へや》の中《なか》はまっくらです。青白《あおじろ》い鬼火《おにび》がポッポともえています。いやーな、なまぐさい風《かぜ》がふいてきました。

「あ、なんだろう？」

二人《ふたり》のオバケは、気味《きみ》がわるくなって、ひしと抱《だ》きあいました。

かげのようなものが、ふーっとあらわれてきました。

「キャッ、オバケだ！」

と、赤《あか》いオバケがさけびました。

白《しろ》いオバケもガタガタふるえています。

　すると、ものすごいぶきみな声《こえ》がひびいてきました。

「こら、おまえたち。オバケの使命《しめい》も忘《わす》れたふとどき者《もの》！　なんというザマだ。目《め》にものみせてくれるぞ」

　どこかで、くさりがなる音《おと》がします。怪獣《かいじゅう》のほえ声《ごえ》もします。

　すると、うすやみの中《なか》に、ひと目見《めみ》たらば気《き》ぜつしそうな、こわーいオバケたちの姿《すがた》が見《み》えてきました。

　日本《にほん》のオバケ、中国《ちゅうごく》のオバケ、西洋《せいよう》のオバケ、アフガニスタンのオバケ、それらがみんな、ものすごく目《め》を光《ひか》らせて、赤《あか》いオバケと白《しろ》いオバケをにらみつけました。

「こわいよ、こわいよう！」

　二人《ふたり》のオバケは、二人《ふたり》でしがみつきあいながら、ガタガタ一晩《ひとばん》じゅうふるえていました。

さて、それから二人《ふたり》のオバケは人間《にんげん》たちのまえに姿《すがた》を出《だ》さなくなりました。

風船《ふうせん》ガム会社《がいしゃ》では、おまわりさんと秘密探偵《ひみつたんてい》とやじうまを九万九千九百九十九人《にん》、総動員《そうどういん》して赤《あか》いオバケと白《しろ》いオバケをさがさせましたが、ついに見《み》つけることができないのです。

二人《ふたり》のオバケは、きっと心《こころ》をいれかえて、今度《こんど》こそ人間《にんげん》たちをこわがらせる修行《しゅぎょう》をつんでいるのではないでしょうか。

二人《ふたり》はどこにいるのでしょう?

それはやはり青山墓地《あおやまぼち》にちがいありません。どこかの墓石《はかいし》のかげ、木《き》のうろにかくれているのでしょう。

みなさんも、さがしてみたら、ひょっとすると、赤《あか》いオバケと白《しろ》いオバケに出《で》あうかもしれません。しかし、今度《こんど》出《で》てくるときは、今度《こんど》こそ、きっとほんとうにおっかないかもしれませんよ。

たぬきと山伏《やまぶし》

作《さく》　木下順二《きのしたじゅんじ》
絵《え》　石川《いしかわ》えりこ

えらぶっていた山伏《やまぶし》が、たいへんな目《め》に！

山伏は、山奥で修行する修験道の行者のこと。けわしい山で厳しい修行をすることで、自然のもつ大いなる霊的な力を吸収し、それを人々に授けるという役目を引き受けていました。

読んだよ！

読んでもらったよ！　年　月　日
読んでもらったよ！　年　月　日

あるときあるところを、こわい顔《かお》をした大《おお》男《おとこ》の山伏《やまぶし》が、ほら貝《がい》を背中にせおうて、一本《いっぽん》歯《ば》の高《たか》げたをはいて、えらそうに肩《かた》をゆさぶりながら歩《ある》いておった。

まだ時刻《じこく》はひるをちょっと過《す》ぎたばかりで、おてんとうさまは、かんかんと高《たか》いところで照《て》っておった。

すると道《みち》ばたの木《き》の根《ね》に、一匹《ぴき》の大《おお》きなたぬきが気持《きも》ちよさそうに昼寝《ひるね》をしておった。

それをみつけた山伏《やまぶし》は、いっちょおどろかしてやろうばいと思《おも》うて、一本歯《いっぽんば》の高《たか》げたのまんま、ぬき足《あし》さし足《あし》、たぬきのそばに近《ちか》よると、その耳《みみ》のわきへほら貝《がい》をもっていって、とてつもない大《おお》きな音《おと》で、

ボワボワボワーン

とばかり、吹《ふ》き鳴《な》らした。

たぬきはびっくりぎょうてんして、一間《けん》ばかりとびあがって、一散走《いっさんばし》りにかけだしたが、だいぶ行《い》ってからちょっと立《た》ちどまって、

「**おう、見《み》ちょれ**」（おう、いまに見《み》ておれ）

というような顔《かお》で、ちょろっとこっちを見《み》て、それから、ふりむきふりむき、にげていった。

山伏《やまぶし》は、そのうしろすがたが、おかしくておかしくてたまらんので、天《てん》までとどきそうな大《おお》きな声《こえ》をだして、笑《わろ》うても笑《わろ》うても、なかなか笑《わら》いがとまらんほどであった。

それから山伏《やまぶし》は、そのあたりを二、三軒《けん》まわって、こんどはつぎの村《むら》へ行《い》こうと思《おも》うて、一本歯《いっぽんば》の高《たか》げたの音《おと》をガランガランとひびかせながら、えらそうに肩《かた》をゆさぶって、ゆっくりと歩《ある》いていった。

ところが、その日《ひ》にかぎっておそろしく時《とき》のたつのが早《はや》くて、それにつぎの村《むら》までの道《みち》のりがおそろしく遠《とお》くて、まだあんまり行《い》かんうちに日《ひ》がどんどんとくれてきて、いつのまにかとっぷりとくれてしもうた。

山伏《やまぶし》は、

「きょうはまた、どういう日《ひ》のくるるとの、早《はや》かもんじゃろかい」

（きょうはまた、どういうわけか日《ひ》がくれるのが早《はや》いなあ）

と、ひとりごとをいいながら、足《あし》を早《はや》めて、歩《ある》いていった。

しばらくすると、まっくらな中《なか》を、むこうのほうから白《しろ》いきものをきた人《ひと》たちの行列《ぎょうれつ》が近《ちか》づいてきた。

それは、よく見《み》るとそうしきの行列《ぎょうれつ》であった。山伏《やまぶし》は、

「わあ、あらァそうしきばい。
こら、きみのわるか。
いまじぶん、こまったもんの来《き》たね」

（わあ、あれはそうしきだ。きみがわるいな。
いまごろ、こまったものが来《き》たものだ）

と思《おも》うたけれど、一本道《いっぽんみち》であるからして、ほかのほうへにげることができん。

しかたがないので、まわれ右《みぎ》をして、いま歩《ある》いてきたほうへ、ひっかえしはじめた。

ところが、そのそうしきの行列《ぎょうれつ》は、おそろしく足《あし》が早《はよ》うて、すぐうしろに追《お》いつかれてきそうになりよった。

山伏《やまぶし》はこわいもんだから、閉口《へいこう》して、一本《いっぽん》歯《ば》の高《たか》げたをはいたまんま、だんだん大《おお》またに歩《ある》きだして、だんだん足《あし》を早《はよ》ううごかしだして、しまいにとうとうかけだしたが、白《しろ》いきものの行列《ぎょうれつ》は、やっぱりぴったりとうしろにくっついてきよる。

それでもう、いっしょけんめい、いきが切《き》れそうに走《はし》っていくと、さいわい大《おお》きな松《まつ》の木《き》が一本《ぽん》、道《みち》のまんなかに立《た》っておったので、やっとそこへかけつけて、大《おお》あわてで一《いち》の枝《えだ》までよじのぼってしもうた。

そうして、白《しろ》いきものの行列《ぎょうれつ》が通《とお》りすぎたらおりようと思《おも》うて見《み》おろしておったら、びっくりしたことには、白《しろ》いきものの行列《ぎょうれつ》は、その松《まつ》の木《き》の下《した》にとまりよった。

そうしておいて、木《き》の根《ね》のところにおかんをおろして、坊《ぼう》さんたちが、**ボジャボジャボジャボジャ**とお経《きょう》をよみはじめた。

「**あらあら、こらァ**
こまったことになったばい」
と思《おも》うて、山伏《やまぶし》が木《き》の上《うえ》からながめておると、やがてお経《きょう》がすんで、こんどは木《き》の根《ね》のところをみんなが掘《ほ》りはじめた。
そうしておいて、その穴《あな》のなかへおかんをうめて、それからやがて、ひとりかえり、ふたりかえりして、そのうちにだれもそこにはおらんようになってしもうた。

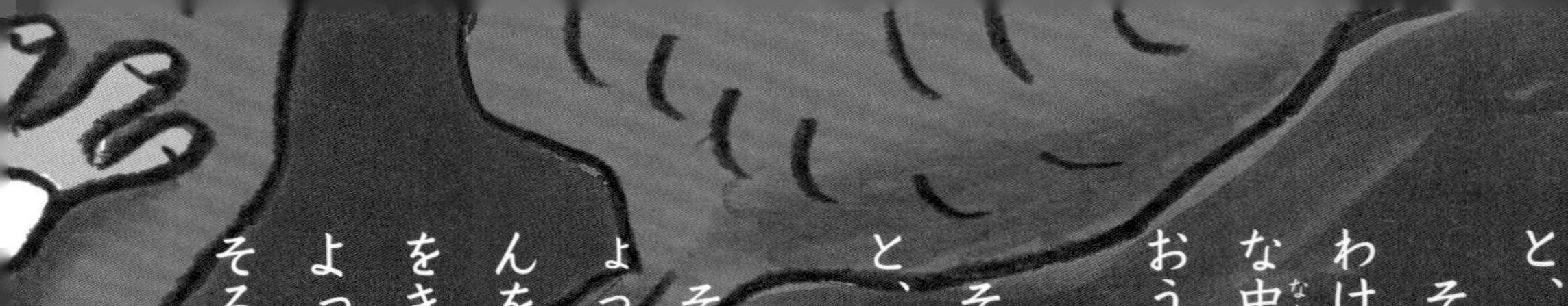

山伏《やまぶし》は、だれも人《ひと》がおらんようになったので、さて自分《じぶん》もかえりたいもんだと思《おも》うたが、木《き》の根《ね》のところにおかんがうめてあると思《おも》うと、どうもこわくておりていけん。

そうかというて、木《き》の上《うえ》で夜《よ》あかしをするわけにもゆかず、どうしようかと、まっくらな中《なか》で、松《まつ》の木《き》の枝《えだ》にまたがり、ほら貝《がい》をせおうたまま、山伏《やまぶし》は考《かんが》えこんでおった。

そのうちに、あたりは、ますますしんしんと、しずかになってきた。

そのうちに、山伏《やまぶし》が、なんの気《き》もなく、ひょっと木《き》の根《ね》のほうを見《み》おろすと、いまおかんをうめたばかりのところから、白《しろ》いきものをきたもんが、ふらりふらりとはいだしてきよって、山伏《やまぶし》のおるほうへむかって、そろりそろりと木《き》をはいのぼってきよるようだった。

山伏《やまぶし》は、枝《えだ》の上《うえ》からそれを見《み》ておって、

「わあ、こらァこまったぞ。こらァどげんことになるとじゃろかい」

と思《おも》うて、それを見《み》ておった。

すると白《しろ》いきものをきたもんは、だんだんそろりそろりとはいのぼってきて、山伏《やまぶし》がまたがっておる一《いち》の枝《えだ》の下《した》まできて、山伏《やまぶし》の足《あし》に白《しろ》いきものをきたもんの手《て》がさわりそうになったので、

「あら、わあい」

とわめいて、山伏《やまぶし》は上《うえ》の枝《えだ》へのぼった。

すると白《しろ》いきものをきたもんはまたそろりそろりと、その枝《えだ》の下《した》まで、はいのぼってきて手《て》をさしだした。

それで山伏《やまぶし》はまた上《うえ》の枝《えだ》へのぼって、また上《うえ》の枝《えだ》へのぼって、しまいにとうとう山伏《やまぶし》は、その松《まつ》の木《き》のてっぺんまでのぼってしもうたが、それでもやっぱり白《しろ》いきものをきたもん

は、そろりそろりとはいのぼってきて、手《て》をさしだして、山伏《やまぶし》の足《あし》にさわろうとしよる。

それで山伏《やまぶし》は、どうにもこうにも、しようがなくなって、思《おも》わず背中《せなか》にせおうておったほら貝《がい》をひっつかんで、いきのかぎりに、**ボワボワボワーン**と、気《き》が遠《とお》くなるほど吹《ふ》きたてて吹《ふ》き鳴《な》らしていつまでも鳴《な》らしておった。

そのうちに、あんまり人声《ひとごえ》がするので、山伏《やまぶし》が気《き》がついてみると、そのあたりで畑《はたけ》しごとをしておった百姓《ひゃくしょう》たちが、その松《まつ》の木《き》の根《ね》もとにあつまって、わいわいさわいでこっちを見《み》あげておった。

いつもこわい顔《かお》をしていばっておる山伏《やまぶし》が、ひるのまっぴるまに、高《たか》い木《き》のてっぺんにのぼって、死《し》にものぐるいでほら貝《がい》を吹《ふ》きたてておるのを、みんなでおもしろがって見物《けんぶつ》しておるのであったそうな。

青《あお》い海《うみ》の上《うえ》に月《つき》の光《ひかり》が照《て》るばかりでした

赤《あか》いろうそくと人魚《にんぎょ》

原作《げんさく》 小川未明《おがわみめい》
絵《え》 町田尚子《まちだなおこ》

大正時代の名作童話です。こんなに悲しいお話が子どもたちのために書かれたのですね。いまの子どもたちに読みやすいよう、一部表現を簡潔にしています。『赤い蝋燭と人魚』より。

読んだよ！

読んでもらったよ！　年　月　日　　読んでもらったよ！　年　月　日

一

人魚《にんぎょ》は、南《みなみ》の海《うみ》にばかりすんでいるのではありません。北《きた》の海《うみ》にもすんでいたのです。

北方《ほっぽう》の海《うみ》は、青《あお》い色《いろ》でした。あるとき、岩《いわ》の上《うえ》に女《おんな》の人魚《にんぎょ》があがって、あたりの景色《けしき》をながめながら休《やす》んでいました。

雲間《くもま》からもれた月《つき》の光《ひかり》が、さびしく波《なみ》の上《うえ》を照《て》らしていました。どちらを見《み》ても限《かぎ》りない波《なみ》が、うねうねと動《うご》いているのです。

なんとさびしい景色《けしき》だろうと、人魚《にんぎょ》は思《おも》いました。

自分《じぶん》たちは、人間《にんげん》とすがたはあまりちがわない。それなのに、なぜ、魚《さかな》やけものといっしょに、冷《つめ》たく暗《くら》い、気《き》のめいるような海《うみ》の中《なか》にくらさなければならないのだろう。

「人間《にんげん》のすんでいる町《まち》は、美《うつく》しいと聞《き》いている。わたしたちは魚《さかな》やけものといっしょにすんでいるけれど、人間《にんげん》に近《ちか》いのだから、人間《にんげん》の中《なか》でもくらせるのではないだろうか」

その人魚《にんぎょ》は、おなかに子《こ》どもがありました。

……これから生《う》まれる子《こ》どもには、こんなにさびしい思《おも》いをさせたくないものだ。子《こ》どもと別《わか》れて、ひとりさびしく海《うみ》の中《なか》でくらすのは悲《かな》しいけれど、子《こ》どもがしあわせにくら

してくれたなら、それはわたしのよろこびだ。人間《にんげん》は、かわいそうなものや頼《たよ》りないもののことを、けっしていじめたり、苦《くる》しめたりすることはないと聞《き》いている。わたしたちは、胴《どう》から上《うえ》は人間《にんげん》そのままだから、人間《にんげん》の世界《せかい》でくらせないことはないだろう……。

人魚《にんぎょ》は、そう思《おも》ったのでした。

はるかかなたには、海岸《かいがん》の小高《こだか》い山《やま》にある神社《じんじゃ》のあかりが、ちらちらと波間《なみま》に見《み》えていました。

ある夜《よ》、女《おんな》の人魚《にんぎょ》は、子《こ》どもを産《う》み落《お》とすために、冷《つめ》たく暗《くら》い波《なみ》の間《あいだ》を泳《およ》いで、陸《りく》にむかっていきました。

二

海岸《かいがん》に、小《ちい》さな町《まち》がありました。

そして、お宮《みや》のある山《やま》の下《した》に、一軒《けん》の貧《まず》しい、ろうそくを売《う》る店《みせ》がありました。

その家《いえ》には年寄《としよ》りの夫婦《ふうふ》がすんでいました。

おじいさんがろうそくをつくって、おばあさんが店《みせ》で売《う》っていたのです。

町《まち》の人《ひと》や、近《ちか》くにすむ漁師《りょうし》がお宮《みや》へおまいりをするときに、この店《みせ》に立《た》ちよって、ろうそくを買《か》って山《やま》へのぼりました。

山《やま》の上《うえ》には松《まつ》の木《き》がはえていて、その中《なか》にお宮《みや》がありました。

海《うみ》のほうから吹《ふ》く風《かぜ》が松《まつ》のこずえにあたって、昼《ひる》も、夜《よる》も、ゴーゴーと鳴《な》っています。

そして、毎晩《まいばん》のように、そのお宮《みや》にあがったろうそくのほかげが、ちらちらとゆらめいているのが、遠《とお》い海《うみ》の上《うえ》から見《み》えたのです。

ある夜《よ》のことです。

おばあさんは、おじいさんにむかってこういいました。

「わたしたちがこうしてくらしているのも、み

んな神《かみ》さまのおかげですね。この山《やま》にお宮《みや》がなかったら、ろうそくは売《う》れないのですから」

月《つき》のいい晩《ばん》で、昼間《ひるま》のように外《そと》は明《あか》るかったのです。おばあさんがお宮《みや》へおまいりをして、山《やま》をおりてくると、石段《いしだん》の下《した》で赤《あか》ん坊《ぼう》が泣《な》いていました。

「おお、かわいそうに、かわいそうに。だれがこんなところに捨《す》てたのだろう。それにしてもふしぎなこと。きっと神《かみ》さまが、わたしたち夫婦《ふうふ》に子《こ》どものないのを知《し》って、お授《さず》けになったのでしょう」

それは女《おんな》の子《こ》でした。胴《どう》から下《した》は、人間《にんげん》のすがたでなく、魚《さかな》の形《かたち》をしていました。おじいさんも、おばあさんも、これは話《はなし》に聞《き》く人《にん》魚《ぎょ》にちがいないと思《おも》いました。

「これは、人間《にんげん》の子《こ》じゃあないが……」

と、おじいさんは、首《くび》をかしげました。

「わたしもそう思《おも》います。しかし人間《にんげん》の子《こ》で

なくても、なんと、やさしい、かわいらしい顔《かお》の子《こ》でありませんか」

おばあさんはそういうと、その日《ひ》から二人《ふたり》は女《おんな》の子《こ》をだいじに育《そだ》てました。

女《おんな》の子《こ》は大《おお》きくなるにつれて、黒目《くろめ》がちで美《うつく》しい黒髪《くろかみ》で、肌《はだ》の色《いろ》はうす紅色《べにいろ》をした、おとなしいりこうな子《こ》になりました。

三

娘《むすめ》は、大《おお》きくなりましたが、内気《うちき》で恥《は》ずかしがりやだったので、外《そと》に出《で》ようとはしませんでした。けれど、ひと目《め》その娘《むすめ》を見《み》た人《ひと》は、みんなその美《うつく》しさにおどろき、なかにはその娘《むすめ》を見《み》たくて、ろう

そくを買《か》いにくる人《ひと》もいました。

奥《おく》の部屋《へや》でおじいさんは、せっせとろうそくをつくっていました。

ある日《ひ》娘《むすめ》は、おじいさんにこう話《はな》しました。

「ろうそくにきれいな絵《え》を描《か》いたら、みんなよろこんでくれるでしょう」

「それならおまえの好《す》きな絵《え》を、ためしに描《か》いてみるがいい」

おじいさんは、そう答《こた》えました。

娘《むすめ》は、赤《あか》い絵《え》の具《ぐ》で、白《しろ》いろうそくに、魚《さかな》や、貝《かい》や、または海草《うみくさ》のようなものを、じょうずに描《えが》きました。

おじいさんはびっくりしました。その絵《え》には、ふしぎな力《ちから》と美《うつく》しさとがこもっていたのです。

「絵《え》を描《か》いたろうそくをおくれ」

そういって、朝《あさ》から晩《ばん》まで、子《こ》どもや大人《おとな》がこの店《みせ》に買《か》いにきました。娘《むすめ》が絵《え》を描《か》いたろうそくは、みんなの気《き》に入《い》りました。


すると、ふしぎな話《はなし》が生《う》まれました。

このろうそくを山《やま》の上《うえ》のお宮《みや》にあげて、その燃《も》えのこりを身《み》につけて海《うみ》に出《で》ると、どんな大《おお》あらしの日《ひ》でも、船《ふね》が転覆《てんぷく》したり、おぼれて死《し》ぬような災難《さいなん》がないというのです。

「海《うみ》の神《かみ》さまを祭《まつ》ったお宮《みや》さまだもの。きれいなろうそくをあげれば、神《かみ》さまもおよろこびなさるのにきまっている」

町《まち》の人々《ひとびと》はそういい、この話《はなし》は遠《とお》くの村《むら》までひびきました。遠方《えんぽう》の船乗《ふなの》りや漁《りょう》師《し》たちも、絵《え》を描《か》いたろうそくの燃《も》えさしを手《て》に入《い》れたいものだと、わざわざ遠《とお》いところをやってきました。

だから、夜《よる》となく昼《ひる》となく、山《やま》の上《うえ》のお宮《みや》にろうそくの火《ひ》は絶《た》えることはありません。ことに、夜《よる》は美《うつく》しく、ともしびの光《ひかり》が海《うみ》の上《うえ》からも見《み》えたのです。

「ほんとうに、ありがたい神《かみ》さまだ」

神《かみ》さまの評判《ひょうばん》は高《たか》くなりましたが、だれも、心《こころ》をこめて絵《え》を描《か》いている娘《むすめ》のことを思《おも》うものはなかったのです。

娘《むすめ》は疲《つか》れ、ときには、月《つき》のきれいな夜《よる》に、遠《とお》い北《きた》の青《あお》い青《あお》い海《うみ》を恋《こい》しがって、涙《なみだ》ぐんでながめることもありました。

四

あるとき、南《みなみ》の国《くに》から、男《おとこ》がやってきました。北《きた》の国《くに》で珍《めずら》しいものを探《さが》し、南《みなみ》の国《くに》へ持《も》って帰《かえ》って金《かね》をもうけようという男《おとこ》です。

この男《おとこ》は、どこから聞《き》きこんできたのか、こっそりと年寄《としよ》り夫婦《ふうふ》のところへやってきて、娘《むすめ》にはわからないようにこういいました。

「大金《たいきん》を出《だ》すから、その人魚《にんぎょ》を売《う》ってくれ」

年寄《としよ》り夫婦《ふうふ》は、はじめのうちは承知《しょうち》をしませんでした。

「この娘《むすめ》は、神《かみ》さまがお授《さず》けになったのだから、売《う》ることなどできません」

「そんなことをしたら、罰《ばち》があたります」

しかし、男《おとこ》は何度《なんど》ことわられても、またやってきました。そして、年寄《としよ》り夫婦《ふうふ》にむかって、こういったのです。

「昔《むかし》から人魚《にんぎょ》は※不吉《ふきつ》なものといわれている。いまのうちに手《て》もとからはなさないと、きっと悪《わる》いことが起《お》きるだろう」

年寄《としよ》り夫婦《ふうふ》は、ついに男《おとこ》のいうことを信《しん》じてしまいました。大金《たいきん》に心《こころ》をうばわれ、娘《むすめ》を売《う》る約束《やくそく》をしてしまったのです。

娘《むすめ》はおどろきました。内気《うちき》でやさしい娘《むすめ》は、この家《いえ》から離《はな》れて遠《とお》い知《し》らない南《みなみ》の国《くに》へゆくことをおそれて、泣《な》いて、お願《ねが》いしたのです。

「どんなにでも働《はたら》きますから、どうか、知《し》らない南《みなみ》の国《くに》へは売《う》らないでください」

しかし、お金《かね》に心《こころ》をうばわれた年寄《としよ》り夫婦《ふうふ》は、娘《むすめ》のいうことを聞《き》きいれませんでした。

※不吉《ふきつ》……縁起《えんぎ》のよくないこと。

娘《むすめ》は、部屋《へや》に閉《と》じこもって、一心《いっしん》にろうそくの絵《え》を描《か》きました。しかし、年寄《としよ》り夫婦《ふうふ》はそれを見《み》ても、かわいそうだとも思《おも》わなかったのです。

月《つき》の明《あか》るい晩《ばん》のこと。

娘《むすめ》は、ひとりで波《なみ》の音《おと》を聞《き》きながら、これから先《さき》のことを思《おも》って悲《かな》しんでいました。

波《なみ》の音《おと》を聞《き》いていると、なんとなく、遠《とお》くのほうで自分《じぶん》を呼《よ》ぶような気《き》がして、窓《まど》から外《そと》をのぞいてみました。けれど、ただ青《あお》い青《あお》い海《うみ》の上《うえ》に、月《つき》の光《ひかり》がはてしなく照《て》っているばかりでした。

娘《むすめ》は、また、すわってろうそくに絵《え》を描《か》きはじめました。

すると、おもてのほうがさわがしくなりました。男《おとこ》が娘《むすめ》をつれにきたのです。

男《おとこ》は、大《おお》きな鉄格子《てつごうし》のはまったおりを車《くるま》に

のせてきました。

それは、トラや獅子《しし》やヒョウをいれたこともある四角《しかく》な箱《はこ》でした。

この男《おとこ》は、やさしい人魚《にんぎょ》も海《うみ》の中《なか》のけものだというので、トラや、獅子《しし》と同《おな》じようにとりあつかおうとしたのです。

娘《むすめ》は、それとも知《し》らずに下《した》をむいて絵《え》を描《か》いていました。そこへ、おじいさんと、おばあさんとが入《はい》ってきて、娘《むすめ》をつれだそうとしました。

「さあ、おまえはゆくのだ」

娘《むすめ》は、そのとき手《て》に持《も》っていたろうそくに、絵《え》を描《か》ききることができませんでした。しかたなく、わずかな時間《じかん》で、それをみんな赤《あか》く塗《ぬ》りました。

娘《むすめ》は赤《あか》いろうそくを、自分《じぶん》の悲《かな》しい思《おも》い出《で》のかたみに、二、三本《ぼん》、残《のこ》していったのです。

五

ほんとうにおだやかな晩《ばん》のことです。

真夜中《まよなか》ごろ、おじいさんとおばあさんは、戸《と》を閉《し》めて、ねていました。

トントンと、戸《と》をたたくものがありました。

「どなた？」

と、おばあさんはいいました。

けれども答《こた》えはなく、つづけて、トントンと、戸《と》をたたきました。

おばあさんが起《お》きて、戸《と》を細《ほそ》めにあけて外《そと》をのぞくと、一人《ひとり》の色《いろ》の白《しろ》い女《おんな》が戸口《とぐち》に立《た》っていました。

女《おんな》はろうそくを買《か》いにきたのです。

おばあさんは、ろうそくの箱《はこ》をとりだして女《おんな》に見《み》せました。

おばあさんはびっくりしました。その女《おんな》の長《なが》い黒髪《くろかみ》がびっしょりと水《みず》にぬれて、月《つき》の光《ひかり》に輝《かがや》いていたからです。

女《おんな》は箱《はこ》の中《なか》から、真《ま》っ赤《か》なろうそくをとりあげました。そして、じっとそれに見いっていましたが、やがてお金《かね》をはらってその赤《あか》いろうそくを持《も》って帰《かえ》ってゆきました。

おばあさんが明《あ》かりのところでそのお金《かね》をしらべてみると、それは貝《かい》がらでした。おばあさんはだまされたと怒《おこ》って飛《と》びだしましたが、もう、その女《おんな》の影《かげ》は、どこにも見《み》えなかったのです。

その夜《よ》のことです。

急《きゅう》に空《そら》もようが変《か》わって、大《おお》あらしとなりました。

ちょうどあの男《おとこ》が、娘《むすめ》をおりに入《い》れて船《ふね》にのせ、南《みなみ》のほうの国《くに》へゆく途中《とちゅう》で、沖《おき》に出《で》たころでした。

「この大《おお》あらしでは、とても、あの船《ふね》は助《たす》かるまい」

おじいさんと、おばあさんは、ぶるぶるとふるえながらそう話《はな》しあいました。

夜《よ》が明《あ》けると、沖《おき》はまっ暗《くら》で、ものすごい景色《けしき》でした。この夜《よ》、海《うみ》に沈《しず》んだ船《ふね》は数《かぞ》えきれないほどだったのです。

ふしぎなことに、それからのち、赤《あか》いろうそくが山《やま》のお宮《みや》にともった晩《ばん》は、それまでどんなに天気《てんき》がよくても、たちまち大《おお》あらしとなりました。

赤《あか》いろうそくは、不吉《ふきつ》だということになりました。

ろうそく屋《や》の年寄《としよ》り夫婦《ふうふ》は、神《かみ》さまの罰《ばち》があたったのだといって、それっきり、ろうそく屋《や》をやめてしまいました。

しかし、だれがお宮《みや》にあげるものか、たびたびお宮《みや》には赤《あか》いろうそくがともったのです。

むかしは、お宮《みや》にあがった絵《え》の描《か》かれたろうそくの燃《も》えさしさえ持《も》っていれば、けっして、海《うみ》の上《うえ》では災難《さいなん》にはあわないですむといわれたものですが、こんどは、赤《あか》いろうそくを見《み》ただけでも、きっと災難《さいなん》にあい、海《うみ》におぼれて死《し》ぬというのです。

このうわさが世間《せけん》に伝《つた》わると、もう、山《やま》の上《うえ》のお宮《みや》に参詣《さんけい》するものはいなくなりました。船乗《ふなの》りたちは、沖《おき》からお宮《みや》のある山《やま》をながめては、おそろしがるようになりました。

夜《よる》になると、この海《うみ》の上《うえ》は、どこを見《み》まわしても、高《たか》い波《なみ》がうねうねとうねっています。そして、岩《いわ》に砕《くだ》けては、白《しろ》いあわが立《た》ち上《のぼ》っています。月《つき》が雲間《くもま》からもれて、波《なみ》のおもてを照《て》らしたときなどは、ほんとうに気味《きみ》が悪《わる》いようでした。

あるまっ暗《くら》な星《ほし》も見《み》えない雨《あめ》の降《ふ》る晩《ばん》に、波《なみ》の上《うえ》から、赤《あか》いろうそくの光《ひかり》がただよって、だんだん高《たか》く上《のぼ》っていったと思《おも》うと、山《やま》の上《うえ》のお宮《みや》をめがけてちらちらと動《うご》いてゆく、そんな光景《こうけい》を見《み》たという人《ひと》がいます。

何年《なんねん》もたたないうちに、そのふもとの町《まち》はほろびて、なくなってしまいました。

吸血鬼《きゅうけつき》ドラキュラ

人《ひと》の生《い》き血《ち》を吸《す》って永遠《えいえん》にさまよう

原作《げんさく》 ブラム・ストーカー
絵《え》 小《お》栗《ぐり》麗《れい》加《か》

イギリス人《じん》のジョナサン・ハーカーは、ルーマニアのトランシルバニアにあるドラキュラ伯爵《はくしゃく》の城《しろ》をたずねました。ロンドンに家《いえ》を買《か》いたいという伯爵《はくしゃく》によばれたからです。

伯爵《はくしゃく》は、鼻《はな》がとても高《たか》く、髪《かみ》はふさふさ、とがった歯《は》がむきだしていて、顔色《かおいろ》は青白《あおじろ》いのに、くちびるは毒々《どくどく》しいくらいの赤《あか》い色《いろ》でした。

城《しろ》で何日《なんにち》か過《す》ごすうちに、ジョナサンは、いくつかふしぎなことに気《き》づきました。城《しろ》はしんとして、人《ひと》の気配《けはい》がありません。

「こんなに大《おお》きな城《しろ》なのに、召使《めしつか》いが一人《ひとり》もいないのは、なぜなんだろう」

世界各地にある吸血鬼伝説の中でも、ドラキュラ伯爵はトップスター。十字架やニンニクをきらい、鏡にうつらないなど、吸血鬼の特徴の多くはこの小説がもとになっています。

読んだよ！

年　月　日　　年　月　日

また、伯爵《はくしゃく》は、ジョナサンの食事《しょくじ》の世話《せわ》をしてくれるのですが、自分《じぶん》ではけっして食事《しょくじ》をしません。城《しろ》の中《なか》には鏡《かがみ》が一つもないのもふしぎでした。

ある朝《あさ》、ジョナサンは自分《じぶん》が持《も》ってきた手《て》鏡《かがみ》を見《み》ながら、ひげをそっていました。後《うし》ろから「おはよう」と声《こえ》をかけられて、ふりかえると伯爵《はくしゃく》が立《た》っています。ところが、そのすがたは鏡《かがみ》にはうつっていないのです。

びっくりしたジョナサンは、かみそりで顔《かお》を少《すこ》し切《き》ってしまいました。すると、流《なが》れている血《ち》を見《み》て、伯爵《はくしゃく》が目《め》をかがやかせ、とびかかってくるではありませんか。

「何《なに》をするんですか!?」

とびのいたジョナサンの首《くび》にかかっていた十字架《じゅうじか》に手《て》がふれた瞬間《しゅんかん》、伯爵《はくしゃく》はすっとおとなしくなってしまいました。

「ドラキュラ伯爵《はくしゃく》は人間《にんげん》じゃない。ばけものなんだ」

はじめてジョナサンは気《き》づきました。そして、なんとか城《しろ》からにげだそうと、必死《ひっし》に出《で》口《ぐち》をさがしまわりました。

数日後《すうじつご》、城《しろ》の地下室《ちかしつ》にたどりつくと、そこにはひつぎが並《なら》んでいて、中《なか》の一つに伯爵《はくしゃく》が眠《ねむ》っていました。いいえ、眠《ねむ》っているのではありません。息《いき》もしていなければ、心臓《しんぞう》も動《うご》いていません。それなのに、その顔《かお》はいつもよりもずっと若々《わかわか》しく、肌《はだ》もピンク色《いろ》です。

ジョナサンはそばにあったスコップを、伯《はく》爵《しゃく》の頭《あたま》をめがけてふりおろしました。額《ひたい》がわれて、血《ち》が流《なが》れだしたそのとき、伯爵《はくしゃく》はパッと目《め》をあけ、ジョナサンをにらみつけました。

さて、ところはかわって、ここはイギリスの港町《みなとまち》ウィットビー。ジョナサンの婚約者《こんやくしゃ》ミナは、親友《しんゆう》のルーシーをたずねて、この町《まち》に来《き》ていました。

ルーシーは、小《ちい》さいときから、夜眠《よるねむ》ったまま外《そと》を出歩《であ》いてしまう、夢遊病《むゆうびょう》という病気《びょうき》にかかっていました。目《め》がさめると、夜《よる》のあいだのことは何《なに》も覚《おぼ》えていないのです。

ある月《つき》の夜《よる》、ミナが気《き》づくと、ルーシーがいません。町《まち》に出《で》てさがすと、港近《みなとちか》くのベンチに白《しろ》い女性《じょせい》がすわり、その上《うえ》に黒《くろ》い影《かげ》がのしかかっているのが見《み》えました。

「ルーシー？　ルーシーなの？」

黒《くろ》い影《かげ》がさっとふりむきました。青白《あおじろ》い顔《かお》とギラギラと光《ひか》る目《め》、そして赤《あか》いくちびる。

でもその影《かげ》はすぐにすがたを消《け》し、眠《ねむ》っているルーシーだけがのこされていました。なぜかその首《くび》もとには、動物《どうぶつ》にかみつかれたような、小《ちい》さな赤《あか》い傷《きず》が二つ、ついていたのです。

その日《ひ》からルーシーはみるみる弱《よわ》っていきました。顔色《かおいろ》は悪《わる》く、まったく血《ち》の気《け》がありません。友人《ゆうじん》たちはとても心配《しんぱい》し、広《ひろ》い知識《ちしき》をもっているヘルシング教授《きょうじゅ》に相談《そうだん》することにしました。

ヘルシング教授《きょうじゅ》は、ルーシーをひと目見《めみ》て、いいました。

「体《からだ》の中《なか》の血液《けつえき》が、ほとんどなくなっている」

そしてヘルシング教授《きょうじゅ》は、ルーシーの部屋《へや》をニンニクの花《はな》でかざりたて、ニンニクで編《あ》んだ花輪《はなわ》をルーシーの首《くび》にかけてやりました。吸血鬼《きゅうけつき》の魔力《まりょく》を封《ふう》じることができるのは、聖《せい》なる十字架《じゅうじか》とニンニクだからです。

「この花輪《はなわ》は、はずしてはいけないよ。そして夜《よる》のあいだは、けっして窓《まど》もあけないように」

でも、ルーシーのお母《かあ》さんが、くさいからといって、ニンニクをみんな片《かた》づけてしまったのです。ルーシーはどんどんおとろえていき、とうとう死《し》んでしまいました。

ルーシーのお葬式《そうしき》がすんだあと、町《まち》では子《こ》どもたちがさらわれ、帰《かえ》ってくると首《くび》にかまれたような傷《きず》がついているというできごとがつづきました。

「あれはきっと、血《ち》を吸《す》われて、自分《じぶん》も吸血《きゅうけつ》鬼《き》になってしまったルーシーのしわざなんだよ」

ヘルシング教授《きょうじゅ》は夜《よる》になってから友人《ゆうじん》たちをつれて、ルーシーのお墓《はか》へとむかいました。

吸血鬼《きゅうけつき》は日光《にっこう》が苦手《にがて》で、昼《ひる》はひつぎの中《なか》で眠《ねむ》り、夜《よる》になると、えものを求《もと》めて動《うご》きだすのです。みんなでかくれていると、ルーシーがもどってきました。目《め》はつりあがり、八重《やえ》歯《ば》が長《なが》くのび、くちびるは血《ち》で赤《あか》くぬれています。

「やっぱり、ルーシーは死《し》んでいない。吸血《きゅうけつ》
鬼《き》としてよみがえって
いたんだ」

教授《きょうじゅ》たちは昼《ひる》まで待《ま》ってから、ひつぎをあけ、眠《ねむ》っているルーシーの胸《むね》に思《おも》いきってくいをうちこみました。すると、不死《ふし》ののろいはとけ、そこに横《よこ》たわっていたのは、むかしのままのやさしいルーシーでした。

ヘルシング教授《きょうじゅ》をはじめとして、なんとかドラキュラ城《じょう》から脱出《だっしゅつ》できたジョナサンとミナ、ルーシーの友人《ゆうじん》たちが集《あつ》まりました。ルーシーをいけにえにしたおそろしい吸血鬼《きゅうけつき》、ドラキュラ伯爵《はくしゃく》を見《み》つけださないと、まただれかがぎせいになってしまうでしょう。

ヘルシング教授《きょうじゅ》たちは、協力《きょうりょく》して伯爵《はくしゃく》を追《お》いかけました。そしてドラキュラ城《じょう》ににげこんだ伯爵《はくしゃく》とのたたかいのすえ、ついにジョナサンがくいを伯爵《はくしゃく》の胸《むね》に突《つ》きたてました。

そのとたん、伯爵《はくしゃく》の体《からだ》はぼろぼろにくずれてしまいました。これでもうだれも吸血鬼《きゅうけつき》にならなくてすんだのです。

ジークフリートの竜《りゅう》退《たい》治《じ》

ばく大《だい》な財《ざい》宝《ほう》を守《まも》る竜《りゅう》の弱《じゃく》点《てん》は？

ゲルマンの昔話《むかしばなし》

絵《え》 谷《たに》口《ぐち》 愛《あい》

ジークフリートは、古代ゲルマン（いまのドイツや北欧）に広く伝わっている伝説の英雄です。宝を守るドラゴン（竜）は、現代でもいろいろなお話に登場しています。

読んだよ！

年　月　日　　年　月　日

ライン川《がわ》の下流《かりゅう》にあるニーデルラントの王子《おうじ》ジークフリートは、たくましく、勇気《ゆうき》にあふれた若者《わかもの》です。少年《しょうねん》のころから武勇《ぶゆう》にすぐれ、走《はし》っても、やりを投《な》げても、剣《けん》をふるっても、国《くに》で彼《かれ》にかなうものは、だれもいませんでした。

あるとき、育《そだ》て親《おや》である刀鍛冶《かたなかじ》が、ジークフリートにむかっていいました。

「森《もり》の奥深《おくふか》く、山《やま》のふもとのほら穴《あな》の中《なか》に、数《かぞ》えきれないほどの宝石《ほうせき》や黄金《おうごん》を守《まも》っている竜《りゅう》がいる。おまえなら、邪悪《じゃあく》な竜《りゅう》をやっつけることができるかもしれないぞ」

その竜《りゅう》は、もともとは刀鍛冶《かたなかじ》の兄《あに》でした。一家《いっか》が手《て》に入《い》れたばく大《だい》な財宝《ざいほう》を、一人《ひとり》じめしたいという欲《よく》にとりつかれて、まず父親《ちちおや》を殺《ころ》してしまいました。そして、自分《じぶん》はどうもうな竜《りゅう》に変身《へんしん》して、だれも財宝《ざいほう》に近《ちか》づけないようにしたのです。

刀鍛冶《かたなかじ》は、なんとかして竜《りゅう》をたおして、その財宝《ざいほう》をうばい返《かえ》したいと思《おも》いつづけていました。そのチャンスがやってきたのです。

刀鍛冶《かたなかじ》は、ジークフリートの父《ちち》のかたみの剣《けん》をきたえなおして、すばらしい名剣《めいけん》をつくりあげました。ジークフリートがその切《き》れ味《あじ》をためそうと、鉄床《かなとこ》に剣《けん》を打《う》ちおろすと、なんと鉄床《かなとこ》ばかりか、それを置《お》いた台《だい》までが、まっぷたつになってしまうほど。

「ぼくの力《ちから》と運《うん》だめしだ」

ジークフリートは、その剣《けん》を手《て》に、いさんで竜《りゅう》のもとへと旅立《たびだ》ちました。

巨大《きょだい》な体《からだ》に長《なが》い尾《お》をもつ竜《りゅう》が、どれだけあるか見当《けんとう》もつかない、まばゆい宝《たから》の山《やま》の上《うえ》に、とぐろをまいてねそべっています。体《からだ》をおおううろこはかたく、どんな剣《けん》や弓矢《ゆみや》も、はじき返《かえ》されそうです。

目《め》をさまし、水《みず》をのみにいこうと、竜《りゅう》がゆっくりと、ほら穴《あな》からすがたをあらわしました。竜《りゅう》が地面《じめん》をはうと、大地《だいち》はふるえ、おそろしい音《おと》がひびきます。

ジークフリートを見《み》つけると、竜《りゅう》は炎《ほのお》と熱《あつ》い息《いき》をはきかけ、尾《お》をむちのようにふるって、おそいかかってきました。

ジークフリートは、ひるむことなく剣《けん》をぬいて立《た》ちむかいます。そして、はげしいたたかいがつづくなか、ジークフリートは、竜《りゅう》のおなかがわにはかたいうろこがなく、むきだしであることを見《み》てとりました。

「そこだ！」

ジークフリートは、竜《りゅう》の心臓《しんぞう》目《め》がけて剣《けん》をつきさしました。剣《けん》はずぶずぶと竜《りゅう》の体《からだ》を深《ふか》くつらぬき、引《ひ》きぬくと、どっと血《ち》があふれでてきました。

竜《りゅう》はすさまじいさけび声《こえ》をあげて、くずれ落《お》ち、のたうちまわってその最期《さいご》をむかえました。そして二度《にど》と宝《たから》のねぐらに帰《かえ》ることはなかったのです。

竜《りゅう》とのたたかいに勝利《しょうり》したジークフリートは、血《ち》まみれになった体《からだ》を泉《いずみ》で洗《あら》おうとしました。赤《あか》くそまった水《みず》が口《くち》にふれたとき、とつぜん木《き》にとまっている小鳥《ことり》たちの声《こえ》が聞《き》こえてきました。

「竜《りゅう》の血《ち》をあびたものは、不死身《ふじみ》になるよ」

はっとしたジークフリートは、急《いそ》いで流《なが》れる竜《りゅう》の血《ち》を、体《からだ》じゅうにこすりつけました。すると、ふしぎなことに、ほんとうに剣《けん》で切《き》りつけても傷《きず》つくことのない体《からだ》になったのです。

でも、そのとき、背中《せなか》に菩提樹《ぼだいじゅ》の葉《は》が一枚《まい》はりついていたので、その部分《ぶぶん》だけは、竜《りゅう》の血《ち》をあびませんでした。このことはのちに、ジークフリートに大《おお》きな悲《かな》しみをもたらしますが、それはまた別《べつ》のお話《はなし》です。

遠足《えんそく》で出会《であ》えたらサイコーだね！

河童《かっぱ》の話《はなし》

文《ぶん》 ほんまあかね
絵《え》 村田《むらた》エミコ

「春《はる》の遠足《えんそく》は、学校《がっこう》から歩《ある》いていける川《かわ》の土《ど》手《て》に行《い》きます。お天気《てんき》がよければ、シートをしいて、おべんとうを食《た》べます。この川《かわ》には河童《かっぱ》が出《で》るといわれているから、おべんとうのキュウリに気《き》をつけましょう！」

担任《たんにん》の久保先生《くぼせんせい》が、遠足《えんそく》の注意《ちゅうい》でそんなことをいうから、教室《きょうしつ》は大さわぎになった。

「河童《かっぱ》なんて、いるわけないじゃん」

「むかし、いたっていうことでしょう？」

「ぜつめつ、したんじゃないのー？」

それで久保先生《くぼせんせい》はすっかりうれしくなったみたいで、河童《かっぱ》の話《はなし》になってしまった。

「みんな、河童《かっぱ》って知《し》ってる？」

河童の伝説は日本各地に伝わっています。すもうをとるという話のほかにも、人助けをする話や、逆に、水の中に引きこんでしまうなどの悪さをする河童の話も少なくないようです。

読んだよ！

年 月 日　年 月 日

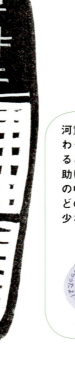

「キュウリが大好《だいす》き！」

「頭《あたま》のお皿《さら》がかわくと弱《よわ》っちゃう！」

「体《からだ》が緑色《みどりいろ》で、なーんかやせた感《かん》じ」

「手《て》に水《みず》かきがあって、泳《およ》ぎがうまい！」

「カメみたいなこうらが背中《せなか》にあるよね」

「口《くち》がとんがってる！」

「よく知《し》ってるね。遠足《えんそく》で行《い》く川《かわ》べりは、むかし、舟《ふな》だまりといって船頭《せんどう》さんたちがたくさんいたところだそうです。江戸時代《えどじだい》から明治《めいじ》、大正時代《たいしょうじだい》ぐらいかな。あのあたりにはたくさんの舟《ふね》があって、川上《かわかみ》でとれた野菜《やさい》を舟《ふね》で町《まち》に運《はこ》んだり、町《まち》の荷物《にもつ》を村《むら》に運《はこ》んだりしていました。自動車《じどうしゃ》もなくて、いまのような道路《どうろ》や鉄道《てつどう》が発達《はったつ》する前《まえ》のこと。このあたりはとてもにぎやかだったのです。そこで船頭《せんどう》さんたちが休憩《きゅうけい》していると、ときどき、河童《かっぱ》があらわれて、すもうをとったりしたのだそうよ」

すもう？　なんですもうなんかとるんだ？

ぼくはそのとき、そう思《おも》っただけだった。

「お、明日《あした》は遠足《えんそく》だってな」

遠足《えんそく》の前《まえ》の夜《よる》、ぼくがリュックサックを準《じゅん》備《び》していたら、じいちゃんが話《はな》しかけてきた。

「川《かわ》べりに行《い》って、べんとう食《た》べるんだろ？　河童《かっぱ》に気《き》をつけろよ」

またあ？　なんで河童《かっぱ》なの。

「じいちゃんは河童見《かっぱみ》たことあるの？」

「いや、残念《ざんねん》ながら、ない」

「やっぱりね。みんなてきとうなことばっかりいうんだよ」

「でも、おれのじいさんは、そのまたじいさんから聞《き》いたらしいぞ」

「えええええっ？　それ、いつの話《はなし》？」

「じいちゃんが子《こ》どものころは昭和《しょうわ》だろ。じいちゃんのじいさんは明治《めいじ》の生《う》まれだ。そのじいさんが子《こ》どものころ、さらにじいさんから聞《き》いた話《はなし》だといってたからなあ……、江戸《えど》時代《じだい》の終《お》わりくらいの話《はなし》かな」

「なんじゃ、そりゃ」

じいちゃんが、じいちゃんのじいちゃんから聞《き》いた、そのまたじいちゃんの話《はなし》。

＊

「このあたりの舟《ふな》だまりで、船頭《せんどう》たちがたいくつそうにしていると、人《ひと》なつこい一ぴきの河童《かっぱ》がひょこっと顔《かお》を出《だ》すんだそうだ。船頭《せんどう》がしらんぷりをしていると、ちょっとずつ、ちょっとずつ近《ちか》づいてくる。そのとき、いいかい、けっしてさわぎたててはいけない。とにかくしらんぷりをして近《ちか》づくのを待《ま》つんだ」

「なんで？」

「河童《かっぱ》はびっくりすると、川《かわ》に飛《と》びこんでにげるからね。人《ひと》なつこいくせに、おくびょうなんだな。そうなると、しばらくはあらわれないらしい。よっぽど気《き》が小《ちい》さいんだろう」

「それで、河童《かっぱ》はなにがしたいの？」

「それは決《き》まってるさ。

『おいらとすもうをとろう』

河童《かっぱ》は必《かなら》ず、そう、さそってくるんだよ」

「先生《せんせい》もいってたけど、なんですもうなの」

「実《じつ》は、河童《かっぱ》にはすもうをとりたがる秘密《ひみつ》があったんだ」

じいちゃんはうれしそうに話《はなし》をつづける。

「若《わか》い船頭《せんどう》たちは、負《ま》けずぎらいが多《おお》い。しかも、体《からだ》ががんじょうな力《ちから》じまんばかりだ。

『すもうか？　いいとも。うけてたとう！』

すぐに腕《うで》まくりをして河童《かっぱ》にむかっていく。もともとみんな、すもうが大好《だいす》きだし、なにしろ、河童《かっぱ》は小《ちい》さくてやせっぽちで、いかにも弱《よわ》そうだったからね」

「ところが……？」

「そうさ。みんな『こんなちび河童《かっぱ》なんか、いちころだ』と、すもうをとりはじめる。ところが、これがおどろくほど強《つよ》いんだ。河童《かっぱ》のうでは右手《みぎて》から左手《ひだりて》まで、一本《ぽん》につながっていて、左手《ひだりて》をちぢめると、そのぶん右手《みぎて》がグーンとのびる。な、すごいだろ？　しかもそのうでがゴムみたいにしなやかで、強《つよ》い」

すごい！　両《りょう》うでがゴムみたいにまきつくの？　河童《かっぱ》のすもうは、最強《さいきょう》じゃん。

「相手《あいて》の体《からだ》にうでをグルグルッとまきつけて、そのままぐぐっとふんばるのさ。どんなに力《ちから》じまんの船頭《せんどう》も、これにはかなわない。最後《さいご》は河童《かっぱ》に引《ひ》き倒《たお》されて、負《ま》けだ」

「えー。じゃあ、河童《かっぱ》にすもうをさそわれたらまずいね。……そうだ！　頭《あたま》のお皿《さら》がかわくまでがんばれば、勝《か》てるんじゃない？」

「お、いいことを思《おも》いついたな」

「そうだよ。河童《かっぱ》にうでをまきつけられても、ふんばって、ふんばって、うーんとふんばりつづけて、頭《あたま》のお皿《さら》がかわくのを待《ま》てばいいよ。……あ、それから、『おべんとうのキュウリをあげるよ』っていって気《き》をそらして、そのスキにやっつける作戦《さくせん》はどう？」

＊

あしたの遠足《えんそく》が楽《たの》しみになってきた。河童《かっぱ》に会《あ》えるといいな。

ちんちん小《こ》袴《ばかま》

たたみの部《へ》屋《や》には妖《よう》精《せい》がいる？

原《げん》作《さく》 小《こ》泉《いずみ》八《や》雲《くも》
絵《え》 たんじあきこ

小泉八雲はお話の冒頭で、「日本では家の床にイグサをきれいに編んでつくったたたみという敷物が敷いてあり、いつもチリひとつないように手入れがされています」と説明しています。

読んだよ！

年　月　日　　年　月　日

明治時代《めいじじだい》に日本《にほん》にやってきたイギリス人《じん》、ラフカディオ・ハーンは、日本《にほん》が大好《だいす》きで「小泉八雲《こいずみやくも》」と名乗《なの》りました。日本《にほん》の昔話《むかしばなし》を、世界《せかい》じゅうに紹介《しょうかい》したことで知《し》られています。雪女《ゆきおんな》やろくろ首《くび》がでてくる『怪談《かいだん》』が有名《ゆうめい》なのですが、なかにはちょっとユーモラスに日本《にほん》を伝《つた》えるお話《はなし》もありました。

　これはその一つ。

「日本《にほん》では、たたみの部屋《へや》をきれいに使《つか》わないと、小《ちい》さな妖精《ようせい》にこらしめられるのですよ」といって、紹介《しょうかい》されたお話《はなし》です。

　江戸《えど》のむかし。ある金持《かねも》ちの家《いえ》に、かわいいけれど、たいへんものぐさな娘《むすめ》がおりました。お手伝《てつだ》いさんがたくさんいる家《いえ》で、あまやかされて育《そだ》ったので、自分《じぶん》の身《み》のまわりのことは、なんにもせずにくらしてきました。

　朝起《あさお》きたら、お手伝《てつだ》いさんたちに着替《きが》えさせてもらって、顔《かお》や手足《てあし》をきれいにふいてもらって、ごはんを食《た》べさせてもらって……。

　ほらね、ただ立《た》ったりすわったりしているだけで、一日《いちにち》は楽《たの》しくすぎていくでしょう。

　やがて美《うつく》しく育《そだ》った娘《むすめ》は、りっぱなお侍《さむらい》さんと結婚《けっこん》しました。

　そこはたくさんの部屋《へや》がある大《おお》きなお屋敷《やしき》でした。使用人《しようにん》はいましたが、これまでのように人《ひと》まかせにしていたことも、「若奥《わかおく》さま」として、自分《じぶん》でしなくてはなりません。

　朝起《あさお》きたら、顔《かお》を洗《あら》って、着物《きもの》に着替《きが》えて、ふとんをたたんで、障子《しょうじ》をあけてきれいな空《くう》気《き》をいれて、たたみの部屋《へや》にほうきをかけて、さあ、それから朝《あさ》ごはんのしたくです。

「ああ、めんどうだ」

　妻《つま》となった娘《むすめ》にとって、それはたいへんなことでした。だから夫《おっと》が仕事《しごと》で江戸《えど》に出《で》かけて長《なが》く留守《るす》をしているときなど、これ幸《さいわ》いと、あいかわらずだらしなく過《す》ごしました。ふとんもたたまず一日《いちにち》ねていたりしたのです。

夫《おっと》が留守《るす》の、ある真夜中《まよなか》のことです。草木《くさき》も眠《ねむ》る丑三《うしみ》つどき……とよばれるような時間《じかん》。むかしは、そんな真夜中《まよなか》には、この世《よ》のものではないものたちが闇《やみ》のなかから出《で》てくると信《しん》じられていたのです。

妻《つま》はふしぎな物音《ものおと》で目《め》をさましました。大《おお》きな行灯《あんどん》にぼんやりと照《て》らされたたたみの部屋《へや》の片すみに、おどろくべき光景《こうけい》がありました。

親指《おやゆび》の先《さき》ほどしかない、小《ちい》さな小《ちい》さなお侍《さむらい》が、何十《なんじゅう》、何百《なんびゃく》と行列《ぎょうれつ》をつくっているのです。

みんな同《おな》じようにちょんまげを結《ゆ》って、かみしもというお侍《さむらい》の着物《きもの》を着《き》て、腰《こし》に二本《ほん》の刀《かたな》をさげた格好《かっこう》で、歌《うた》をうたいながら、にぎやかにおどっています。

ちんちん小袴《こばかま》
夜《よ》もふけそうろう
姫《ひめ》さま　姫《ひめ》さま　おやすみなさい
やあ　とんとん
ほら　とんとん

　お侍《さむらい》があらたまったときに着《き》るかみしもの上《うえ》は「かたぎぬ」、下《した》のズボンのようなものが「袴《はかま》」とよばれています。小《ちい》さな侍《さむらい》たちは、「自分《じぶん》たちは『小《ちい》さな袴《はかま》』というものですよ」と名乗《なの》って、「お姫《ひめ》さま、お姫《ひめ》さま、夜《よる》もおそいから、もうねなさい」と、くり返《かえ》しくり返《かえ》し、歌《うた》いおどっているのです。

　こちらを見《み》あげる、ぞろりそろったにっこり笑顔《えがお》。どこかばかにされたような心《こころ》もちになります。これはいったいなんなのでしょう。妻《つま》はおどろきで声《こえ》も出《だ》せずにいたのです。

　小人《こびと》たちは、朝《あさ》までおどりつづけると、やがてすうっとどこかへ消《き》えてしまいました。

「わたしはお侍《さむらい》の妻《つま》だというのに、こんな小《ちい》さなばけものがこわいなんて、はずかしいわ」

妻《つま》はそう考《かんが》えて、この目《め》で見《み》たことをだれにも話《はな》しませんでした。

ところが、次《つぎ》の夜《よる》も、その次《つぎ》の夜《よる》も、そのまた次《つぎ》の夜《よる》も、小《ちい》さな侍《さむらい》たちはあらわれて、ますますにぎやかにおどります。寝不足《ねぶそく》と恐怖《きょうふ》で、妻《つま》はすっかり弱《よわ》ってしまいました。

やがて夫《おっと》が江戸《えど》での仕事《しごと》をおえて屋敷《やしき》に帰《かえ》ったとき、やせおとろえた妻《つま》のすがたは、まるで別人《べつじん》のようでした。

夫《おっと》はおどろいて、話《はなし》を聞《き》きだしました。

「妻《つま》はどんな妖怪《ようかい》にとりつかれているというのだろう。今夜《こんや》、この目《め》でたしかめてやる」

そこで夫《おっと》は、押《お》し入《い》れにかくれて真夜中《まよなか》を待《ま》つことにしました。

ちんちん小袴《こばかま》
夜《よ》もふけそうろう
姫《ひめ》さま　姫《ひめ》さま　おやすみなさい
やあ　とんとん
ほら　とんとん

草木《くさき》も眠《ねむ》る丑三《うしみ》つどき。たくさんの小《ちい》さな侍《さむらい》たちが、わらわら、わらわら、たたみのすきまからあらわれました。妻《つま》の話《はな》したとおりです。

「出《で》たな！　もののけども！」

押《お》し入《い》れの奥《おく》から刀《かたな》をぬいて、夫《おっと》が飛《と》びだしていったその瞬間《しゅんかん》、小《ちい》さな侍《さむらい》たちは、一瞬《いっしゅん》のうちにあるものに変《か》わってしまいました。

「……なんだ、これは？」

たたみの上《うえ》には、何十《なんじゅう》、何百《なんびゃく》という爪楊枝《つまようじ》が散《ち》らばっているだけだったのです。

だらしのない妻《つま》は、これまで使《つか》った爪楊枝《つまようじ》をきちんと捨《す》てずに、たたみのすきまにさして、掃除《そうじ》もせずにごまかしていました。

きっと、たたみの神《かみ》さまがおこって、そんな妻《つま》をこらしめていたのでしょう。

「こんな顔《かお》かい？」とふりむいたのは……

むじな

原作《げんさく》 小泉八雲《こいずみやくも》
絵《え》 軽部武宏《かるべたけひろ》

江戸《えど》に、紀伊国坂《きのくにざか》という名《な》の坂《さか》がありました。坂《さか》の東《ひがし》には大《おお》きな深《ふか》い淵《ふち》があって、昼《ひる》でもうす暗《ぐら》く、ことに日《ひ》が暮《く》れてからこのあたりを通《とお》る人《ひと》はめったになかったといいます。

遅《おそ》い時間《じかん》にこのあたりにさしかかった旅人《たびびと》などは、紀伊国坂《きのくにざか》をのぼる道《みち》をさけて、かなりの遠回《とおまわ》りをしたものです。

それというのも、この坂《さか》には、人《ひと》をばかすむじなが出《で》るといううわさがあったからなのです。むじなとは、いまでいうタヌキのこととも、アナグマのことともいわれます。

ずいぶんむかしのことですが、むじなにあったという男《おとこ》がいました。京橋《きょうばし》の商人《しょうにん》で、その人《ひと》が周囲《しゅうい》に語《かた》ったのは、こんな話《はなし》でした。

ある晩《ばん》のこと。夜《よ》もふけてから、その商人《しょうにん》は、紀伊国坂《きのくにざか》をのぼっていました。気味《きみ》が悪《わる》いので足《あし》を早《はや》めていると、うす暗《ぐら》い淵《ふち》のはたに、女《おんな》が一人《ひとり》しゃがみこんで、しくしくと泣《な》いているではありませんか。心配《しんぱい》になった商人《しょうにん》は、何《なに》か力《ちから》になれるかもしれないと、足《あし》をとめました。

その女《おんな》はほっそりとして品《ひん》がよく、身《み》なりもきれいで、良家《りょうけ》の娘《むすめ》のようです。

むじな（タヌキ）が、妖怪ののっぺらぼうにばけて、人をおどかすお話です。題名で「のっぺらぼうのお話」といってしまうと、このこわさは半減してしまうのかもしれません。

読んだよ！

年　月　日　年　月　日

「娘《むすめ》さん、娘《むすめ》さん、どうして泣《な》いているんだい？ よかったらわけを聞《き》かせておくれ。わたしでよければ、よろこんで力《ちから》になるから」

しかし娘《むすめ》は、着物《きもの》のたもとで顔《かお》をかくしたままで、しゃくりあげるように泣《な》きつづけるばかりです。

男《おとこ》は、できるだけやさしい声《こえ》でゆっくりと、もう一度《いちど》、話《はな》しかけました。

「ここは、こんな夜《よ》ふけに、おまえさんのような若《わか》い娘《むすめ》がくる場所《ばしょ》じゃないよ。わたしにできることはないのかい？ あれば、なんでもいっておくれ」

娘《むすめ》は、すっと立《た》ちあがりましたが、男《おとこ》の呼《よ》びかけには答《こた》えようとせず、まだ顔《かお》をそむけて泣《な》いています。


「娘《むすめ》さん、お聞《き》きなさいったら、お聞《き》きなさいよ！ わたしはあんたに、もうお泣《な》きなさんなと、いっているんだよ！」

そういいながら、商人《しょうにん》がその肩《かた》に手《て》をふれようとした、まさにそのときです。

娘《むすめ》はくるりとこちらをふりむくと、片手《かたて》で自分《じぶん》の顔《かお》をてろーんとなでました。

なんと、その顔《かお》には、目《め》も鼻《はな》も口《くち》もないではありませんか。

商人《しょうにん》は「ぎゃあ」とさけぶと、一目散《いちもくさん》ににげました。

商人《しょうにん》はまっ暗《くら》がりの紀伊国坂《きのくにざか》をわけもわからずかけあがりました。

後《うし》ろが気《き》になって気《き》になって、しかたありませんでしたが、ふりむく勇気《ゆうき》なぞあるはずもありません。

ただただ夢中《むちゅう》で走《はし》っていると、ゆく手《て》にぼんやりと灯《あか》りが見《み》えてきました。

ホッとしました。やれやれ助《たす》かった。

それはそば売《う》りの屋台《やたい》の提灯《ちょうちん》のようでした。

商人《しょうにん》は、つんのめるように、そば売《う》りの足《あし》もとに転《ころ》がりこみました。

「あわわわわ」

声《こえ》にならない声《こえ》をあげ、腰《こし》がぬけたようになって、ガタガタふるえるばかりの商人《しょうにん》。

そば売《う》りは、あわてずさわがず、つっけんどんにたずねます。

「おや、お客《きゃく》さん、どうしなすった？　辻斬《つじぎ》りか、物盗《ものと》りにでもあったようですな」

息《いき》を荒《あら》くしたままの商人《しょうにん》が答《こた》えます。

「い、い、いやいや、辻斬《つじぎ》りじゃねえ」

「じゃあ、物盗《ものと》りかい？」

「も、も、物盗《ものと》りじゃねえ」

商人《しょうにん》は息《いき》も切《き》れ切《ぎ》れにいいました。

「でで、でたんだよ、女《おんな》が」

「なんだ、女《おんな》ですかい」

「ななな、なんだ女《おんな》ですかいじゃねえ。そそそ、その女《おんな》が、……うわあ、これ以上《いじょう》は、とってもこわくて、いえねえ！」


するとそば売《う》りは、あいかわらず落《お》ち着《つ》きはらったようすで、こう答《こた》えたのです。

「お客《きゃく》さん、もしかすると、その女《おんな》はこんな顔《かお》かい？」


そういいながら、そば売《う》りは、ふりむきざま、自分《じぶん》の顔《かお》をてろーんとなでてみせました。

そこにある顔《かお》は、目《め》も鼻《はな》も口《くち》もない、むき卵《たまご》のようでした。

……その瞬間《しゅんかん》、提灯《ちょうちん》の灯《あか》りがフッと消《き》えました。

美《うつ》しくもおそろしい、たった一つの約《やく》束《そく》

雪《ゆき》女《おんな》

原作《げんさく》　小《こ》泉《いずみ》八《や》雲《くも》
絵《え》　石《いし》川《かわ》えりこ

秘密を共有した幸せな暮らしが、約束を守らなかったことから一転、悲劇に転じるという昔話は少なくありません。雪女はこわい存在ですが、情が深く子どもへの愛情も感じられる物語です。

読んだよ!

読んでもらったよ!　読んであげたよ!

年　月　日　　年　月　日

むかしむかし、武蔵《むさし》の国《くに》のある村《むら》に、年老《としお》いたきこりの茂作《もさく》と、若《わか》い弟子《でし》の巳之吉《みのきち》がすんでおりました。

二人《ふたり》は毎日《まいにち》、村《むら》を出《で》て、森《もり》に仕事《しごと》に出《で》かけました。森《もり》へ行《い》く途中《とちゅう》には、大《おお》きな川《かわ》が流《なが》れており、渡《わた》し舟《ぶね》がかかっていました。


とある寒《さむ》い日《ひ》の夕暮《ゆうぐ》れのことです。

山《やま》から帰《かえ》る途中《とちゅう》の茂作《もさく》と巳之吉《みのきち》は、ひどい吹雪《ふぶき》にみまわれました。少《すこ》しの先《さき》も見《み》えないほどのまっ白《しろ》な吹雪《ふぶき》がどんどん強《つよ》まり、歩《ある》くこともままならなくなってきました。このままでは、すすむ道《みち》すら見失《みうしな》いそうです。

茂作《もさく》と巳之吉《みのきち》は、命《いのち》からがら川岸《かわぎし》の舟着《ふなつ》き小屋《ごや》ににげこみました。

しかし、小屋《こや》は空《から》っぽで、渡《わた》し舟《ぶね》の船頭《せんどう》はそこにいませんでした。悪天候《あくてんこう》のため、舟《ふね》をむこう岸《ぎし》につけて、家《いえ》に帰《かえ》ってしまったのでしょう。


小屋《こや》の中《なか》には畳《たたみ》が二枚《まいし》敷《し》かれているだけで、火鉢《ひばち》すらありません。戸口《とぐち》が一つあるばかりで、窓《まど》すらありません。暗《くら》い、小《ち》さな小屋《こや》でした。

二人《ふたり》はしっかりと戸《と》を閉《し》めると、着《き》ていた蓑《みの》を頭《あたま》からかぶって、ゴロリと寝《ね》ころびました。なんとかこのままこうしていれば、やがて吹雪《ふぶき》はやむだろう、それまでのしんぼうだと考《かんが》えていました。

ほどなく、年寄《としよ》りの茂作《もさく》は、疲《つか》れがでたのでしょうか、眠《ねむ》りこんでしまいました。

二人《ふたり》のいる小屋《こや》は、風《かぜ》に吹《ふ》かれ、雪《ゆき》に打《う》たれ、まるで嵐《あらし》のなかを波《なみ》にもまれる小《ち》さな舟《ふね》のようです。

若《わか》い巳之吉《みのきち》は、なかなか眠《ねむ》ることができません。おそろしいほどに空《そら》を吹《ふ》きすぎる風《かぜ》の音《おと》や、戸口《とぐち》に打《う》ちつける雪《ゆき》の音《おと》、そして川《かわ》のとどろくように流《なが》れる音《おと》に耳《みみ》をすませ、身《み》をちぢめてうずくまるばかりでした。

　夜《よ》がふけるにつれ、雪《ゆき》ははげしさをまし、空気《くうき》は痛《いた》いほどひえていきました。巳之吉《みのきち》はずっと蓑《みの》をかぶってふるえていたのですが、いつのまにか、眠《ねむ》っていたようです。

　スーッと何《なに》かがほおをなでていったような気《き》がしました。痛《いた》いほど冷《つめ》たい、粉雪《こなゆき》でした。顔《かお》にふれた粉雪《こなゆき》の冷《つめ》たさにおどろいて、巳《み》之吉《のきち》が目《め》をさますと、戸《と》があいています。戸口《とぐち》には、雪明《ゆきあ》かりにてらされて白《しろ》い着物《きもの》を着《き》た女《おんな》が立《た》っていました。

　女《おんな》は、眠《ねむ》っている茂作《もさく》の上《うえ》にふわりとおおいかぶさると、白《しろ》い煙《けむり》のような息《いき》をふきかけました。その息《いき》は、吹雪《ふぶき》そのもののように白《しろ》く、煙《けむり》のようにも見《み》えました。そして女《おんな》は、くるりと巳之吉《みのきち》をふり返《かえ》りました。

　女《おんな》はこちらをふり返《かえ》ったと思《おも》ったとたん、今度《こんど》は巳之吉《みのきち》のほうにおおいかぶさってくるではありませんか。

巳之吉《みのきち》は、大《おお》きな声《こえ》でさけぼうとしました

が、声《こえ》がでません。体《からだ》もまったく動《うご》きません。白《しろ》い着物《きもの》の女《おんな》は、巳之吉《みのきち》の顔《かお》にふれるほどにその顔《かお》を近《ちか》づけてきます。その顔《かお》がすーっと目《め》の前《まえ》までせまってきます。

　なんとおそろしい目《め》、でもなんと美《うつく》しい顔《かお》立《だ》ちなのでしょう。恐怖《きょうふ》で凍《こお》りつく巳之吉《みのきち》を、女《おんな》はしばらく見《み》つめていましたが、やがて、ほほえみながらこうささやきました。

「おまえも、この男《おとこ》とおんなじ目《め》に
あわせてやろうと思《おも》っていたが、
おまえはずいぶん若《わか》いのだね。
なんだかかわいそうになってきた。
いまは助《たす》けてやるが、今夜《こんや》その目《め》で
見《み》たことは、だれにもいってはならないよ。
いったら、わかるからね。
そのときは、きっとわたしは
おまえを殺《ころ》しにいくよ。
いいかい、わたしがいまいったことを、
忘《わす》れるのではないよ」

女《おんな》はいいおわるとこちらに背《せ》を向《む》けて、戸《と》口《ぐち》から音《おと》もなく出《で》ていきました。

　そこでようやく、巳之吉《みのきち》はふいに体《からだ》が動《うご》くようになり、あわてて飛《と》び起《お》きました。外《そと》をのぞき見《み》ましたが、そこにはだれのすがたも見《み》えず、ただただはげしい雪《ゆき》がふりしきるだけでした。

　これはただの悪《わる》い夢《ゆめ》ではないだろうか。

　そう思《おも》いながらふり返《かえ》った巳之吉《みのきち》の隣《となり》で、茂作《もさく》は氷《こおり》のように冷《つめ》たくなっていたのです。

　巳之吉《みのきち》は、あの晩《ばん》のひどい寒《さむ》さのために、しばらくのあいだ、すっかり弱《よわ》ってしまいました。茂作《もさく》が死《し》んでしまったことにもおびえた巳之吉《みのきち》は、身《み》も心《こころ》も凍《い》てついたこの夜《よる》のことを、だれにも話《はな》すことはありませんでした。

　あくる年《とし》の冬《ふゆ》、ようやく山仕事《やましごと》にもどって

元気《げんき》に働《はたら》けるようになった巳之吉《みのきち》は、山《やま》の帰《かえ》り道《みち》に知《し》りあった、気立《きだ》てのいい美《うつく》しい女《おんな》を嫁《よめ》にもらいました。

その名《な》をお雪《ゆき》といいました。

お雪《ゆき》はほんとうによくできた嫁《よめ》でした。二人《ふたり》は十人《にん》もの子宝《こだから》に恵《めぐ》まれましたが、ふしぎなことに、お雪《ゆき》はまったく老《ふ》けることもなく、嫁《よめ》にきた日《ひ》のままに若々《わかわか》しく美《うつく》しかったのです。

子《こ》どもたちが寝《ね》しずまったある晩《ばん》のことでした。

針仕事《はりしごと》をしていたお雪《ゆき》の顔《かお》をつくづくながめていた巳之吉《みのきち》は、ポツリとこんなことをいいだしました。

「ああ、こうしておまえの顔《かお》を見《み》ていると、若《わか》いころのふしぎなできごとを思《おも》いだしてしまうよ。おまえによく似《に》た美《うつく》しい女《おんな》に会《あ》ったことがあるんだ。色白《いろじろ》で美《うつく》しい、ほんとうにおまえによく似《に》た女《おんな》だったよ」

お雪《ゆき》は、
繕《つくろ》いものに目《め》をおとしたままいいました。
「あら、そのお話《はなし》、もっと聞《き》きたいわ。どこでお会《あ》いになったのですか」
そこで巳之吉《みのきち》は、あの吹雪《ふぶき》の晩《ばん》の一部始終《いちぶしじゅう》を聞《き》かせてやりました。

「夢《ゆめ》かうつつかわからなかったが、いま考《かんが》えてみれば、あれは、人《ひと》ではなかったようだ。そう、きっとあれが雪女《ゆきおんな》さ。心底《しんそこ》こわかったが、ぬけるような白《しろ》い肌《はだ》でほんとうに美《うつく》しかった。そう、おまえのように……」
そこで、お雪《ゆき》は縫《ぬ》いかけの繕《つくろ》いものを投《な》げ捨《す》てると、すっと立《た》ちあがり、巳之吉《みのきち》の顔《かお》に美《うつく》しい顔《かお》をよせるようにしてさけびました。

「その女《おんな》は、このわたしじゃ！
このお雪《ゆき》だったんだよ。
あのとき、もしひとことでも話《はな》せば
命《いのち》をとるというたのを、まさか忘《わす》れたか。
……だが、ここで眠《ねむ》る
かわいいわが子《こ》らのことを思《おも》えば、
いまさらそなたの命《いのち》はとれぬ。
この子《こ》たちをのこしていくが、
よくよく子《こ》どものめんどうをみておくがよい。
もし、万《まん》に一つも、
子《こ》どもを不幸《ふこう》にするようなことがあれば、
そのときこそ、そなたへの報《むく》いは、
……わかっておろうな！」

お雪《ゆき》のさけび声《ごえ》は風音《かざおと》になり、すがたは渦《うず》まく吹雪《ふぶき》となり、体《からだ》はみるみるうちにとけていき、そうしてお雪《ゆき》は消《き》えてしまいました。
その後《ご》、二度《にど》とお雪《ゆき》のすがたを見《み》るものはありませんでした。

こわいもの知《し》らずのお坊《ぼう》さんがたたかいます

ろくろ首《くび》

原作《げんさく》　小泉八雲《こいずみやくも》
絵《え》　軽部武宏《かるべたけひろ》

五百年《ねん》もむかしのお話《はなし》です。回竜《かいりょう》という名《な》前《まえ》のお坊《ぼう》さんがおりました。

もとは、腕《うで》も心《こころ》も強《つよ》いことで有名《ゆうめい》なお侍《さむらい》でしたが、仕《つか》えていた殿《との》さまの家《いえ》がつぶされてしまい、お坊《ぼう》さんになったのです。

修行《しゅぎょう》の旅《たび》に出た回竜《かいりょう》は、この日《ひ》、甲斐《かい》の国《くに》（山梨県《やまなしけん》）のけわしい峰《みね》を歩《ある》いていました。

人里離《ひとざとはな》れた山奥《やまおく》で日《ひ》が暮《く》れてしまったので、道《みち》ばたの草《くさ》むらに寝《ね》ころんでいると、斧《おの》をもったきこりが通《とお》りかかりました。

「どんな偉《えら》いお坊《ぼう》さまかわかりませんが、このあたりは、たちの悪《わる》いばけものがたんとおります。こわいとは思《おも》われないのですか？」

きこりにそう話《はな》しかけられた回竜《かいりょう》。

「お気《き》づかいなく。拙僧《せっそう》は修行《しゅぎょう》の身《み》ですので、ばけものなど、少《すこ》しもこわくはござらぬ」

そう答《こた》えると、きこりは、

「なんと肝《きも》のすわったお坊《ぼう》さまでいらっしゃることか。しかし、このあたりはほんとうに物騒《ぶっそう》です。ぜひ、うちにおいでくだされ」

これはまた親切《しんせつ》なこと。心《こころ》に武士《ぶし》の魂《たましい》を宿《やど》した回竜《かいりょう》は、※狐狸妖怪《こりようかい》のたぐいなど、少《すこ》しもおそろしくありません。しかし、男《おとこ》の申《もう》し出《で》に感謝《かんしゃ》して、泊《と》めてもらうことにしました。

草《くさ》ぶきの小《ちい》さな家《いえ》につくと、囲炉裏《いろり》のそばには、きこりの家族《かぞく》と思《おも》われる、品《ひん》のよい四

ろくろ首というと首が長くのびる妖怪が有名ですが、このお話のように首が体から離れて飛び回るというお話も多く伝わっています。首のない体が眠っている姿はぶきみですね。

読んだよ！

年　月　日　　年　月　日

※狐狸妖怪《こりようかい》のたぐい……人《ひと》をたぶらかすキツネやタヌキのこと

人《にん》の男女《だんじょ》がいて、回竜《かいりょう》にうやうやしくおじぎをしました。

やがてきこりと話《はなし》をしているうちにわかったことには、この男《おとこ》は、もとはある殿《との》さまに仕《つか》える、身分《みぶん》の高《たか》い家来《けらい》だったのだが、罪《つみ》をおかして、家族《かぞく》ごと城《しろ》を追《お》いだされてしまったのだとか。

「我《われ》と我《わ》が身《み》の罪《つみ》の大《おお》きさにはかないませんが、せめてものつぐないに、こまった人々《ひとびと》をみれば少《すこ》しでも助《たす》けになりたい。日《ひ》ごろからそう思《おも》っておりました。そこで、今夜《こんや》の宿《やど》を、お坊《ぼう》さまにお声《こえ》をかけたのです」

と話《はな》す、この家《いえ》の主人《しゅじん》である男《おとこ》。

「それはすばらしい心《こころ》がけだ。おぬしの心《こころ》の清《きよ》さはたしかなものだろう。さらによい運《うん》がむいてくるように、おぬしとご家族《かぞく》のために心《こころ》をこめて仏《ほとけ》に祈《いの》ってしんぜよう」

男《おとこ》の身《み》の上話《うえばなし》に感心《かんしん》した回竜《かいりょう》は、男《おとこ》のために、ありがたいお経《きょう》を読《よ》むことにしました。

家《いえ》のものが寝《ね》しずまってからも長《なが》くお経《きょう》をあげつづけていた回竜《かいりょう》。

「夢中《むちゅう》で経《きょう》を読《よ》むうち、のどがかわいてしまった。水《みず》をのみにいくとしよう。家族《かぞく》のものたちを起《お》こさぬように……」

ついたてをそっと動《うご》かし、そこに寝《ね》ている人々《ひとびと》にふと目《め》をやると、なんということでしょう。おどろいたことに、五人《にん》が五人《にん》とも、首《くび》がありません。

どこかに人殺《ひとごろ》しがかくれているのではないかと、とっさに身《み》がまえたものの、よく見《み》ると、首《くび》のない体《からだ》のどこにも、斬《き》られたあとがありません。ふしぎなことに、血《ち》の一滴《てき》も流《なが》れてはいないのです。

「さてはこいつら、首《くび》がさまようというばけもののろくろ首《くび》だな。ばけものがいるから気《き》をつけろといった、その男《おとこ》がばけものだったということか。ろくろ首《くび》であるならば、よからぬことをたくらんでいるにちがいない」

回竜《かいりょう》は、考《かんが》えました。

「たしか、『ろくろ首《くび》の首《くび》なしの胴体《どうたい》を見《み》つけたら、首《くび》のない体《からだ》を別《べつ》の場所《ばしょ》にうつすべし』と聞《き》いたことがある。首《くび》がもどってきて胴体《どうたい》が動《うご》かされていることを知《し》ったとき、首《くび》は、もとの体《からだ》にもどれなくなって、やがて息《いき》たえるというぞ」

そこで回竜《かいりょう》は、あの親切《しんせつ》に声《こえ》をかけてきた主人《しゅじん》の首《くび》のない体《からだ》を力《ちから》いっぱい抱《だ》きあげると、窓《まど》から遠《とお》くほうりだしました。

さて、首《くび》のほうはどうなっているのだろうと、そっと裏《うら》の林《はやし》にようすを見《み》にいくと、五つの首《くび》が宙《ちゅう》をゆらゆら舞《ま》いながら、話《はなし》をしています。

「あの坊主《ぼうず》め。食《く》おうと思《おも》って泊《と》めてやったのに、つい、よけいなことまで話《はな》してしまった。早《はや》く食《く》いたいのに、ああして坊主《ぼうず》が経《きょう》を読《よ》んでいるうちは、近《ちか》よることもできぬ。だれかもどってようすを見《み》てこい」

主人《しゅじん》の首《くび》がそういうと、女《おんな》の首《くび》が一つ、家《いえ》へとゆらゆらむかっていきました。ほどなく悲鳴《ひめい》のような声《こえ》がして、

「坊主《ぼうず》がおらぬ！　しかも親方《おやかた》の体《からだ》をどこかへもっていきおったぞ！」

この知《し》らせを聞《き》いて、主人《しゅじん》の首《くび》は、怒《いか》りに髪《かみ》をさかだててさけびました。

「うぬう。体《からだ》が動《うご》かされたからには生《い》きては

おれぬ！　こうなったら死《し》ぬまえに、坊主《ぼうず》に食《く》らいついてくれる！　ほら、その木《き》の陰《かげ》におるぞ！」

主人《しゅじん》の首《くび》は四つの首《くび》をしたがえて、飛《と》びかかってきました。

お坊《ぼう》さんとはいえ、剣《けん》の達人《たつじん》である回竜《かいりょう》は、若木《わかぎ》をひきぬき、かかってくる生首《なまくび》をうちはらい、ばけものたちを近《ちか》よらせません。

四つの首《くび》はふらふらとにげさりましたが、主人《しゅじん》の首《くび》だけはひるまず、回竜《かいりょう》の着物《きもの》の袖《そで》にかみつきました。

やがてうちのめされ、息《いき》たえてからも、ろくろ首《くび》は回竜《かいりょう》の袖《そで》から離《はな》れようとしませんでした。

「しかたないのう」

胆《きも》のすわった回竜《かいりょう》は、この生首《なまくび》をぶらさげて修行《しゅぎょう》の旅《たび》をつづけたのだそうです。

おいらの名前《なまえ》をあててごらん!

トム・ティット・トット

イギリスの昔話《むかしばなし》

絵《え》 ひだかきょうこ

むかしむかし、イギリスの農家《のうか》に、美《うつく》しいけれど、ちょっと考《かんが》えなしで、おっちょこちょいの娘《むすめ》がおりました。

ある日《ひ》、お母《かあ》さんがパイを五つ焼《や》きました。少《すこ》し焼《や》きすぎて、パイがかたくなってしまったので、娘《むすめ》にいいました。

「しばらく棚《たな》に入《い》れておけば、やわらかくもどってくるからね」

それを聞《き》いた娘《むすめ》は、お母《かあ》さんのいった意味《いみ》をとりちがえ、パイがもどってくるなら、食《た》べてしまってもだいじょうぶ、と、五つのパイをのこらず食《た》べてしまったのです。

お母《かあ》さんはそれを知《し》ると、がっかりして、糸《いと》をつむぎながらうたいました。

うちの娘《むすめ》が食《た》べちゃった
パイを五つも食《た》べちゃった

むかしから、名前はその人の魂そのものをあらわすものと考えられていました。ですから、相手に真実の名前を知られると、魔力を失ってしまうのです。

読んだよ!

読んでもらったよ!

年　月　日　　年　月　日

すると、ちょうどそこへ馬《うま》に乗《の》った若《わか》い王《おう》さまが通《とお》りかかりました。はずかしくなったお母《かあ》さんは、あわてて、でまかせに歌《うた》をかえてうたいました。

うちの娘《むすめ》がつーむいだ
糸《いと》を五かせもつーむいだ

歌《うた》を聞《き》いた王《おう》さまは、感心《かんしん》しました。

「一日《にち》に五かせも糸《いと》をつむぐとは、なんてはたらき者《もの》の娘《むすめ》だろう」

そして、娘《むすめ》をお妃《きさき》にすることにしました。お妃《きさき》になったら、一年《ねん》のうちの十一カ月《げつ》は、好《す》きなようにすごしていいけれど、十二月《がつ》になったら、毎日《まいにち》、五かせの糸《いと》をつむぐ約束《やくそく》でした。もしそれができなければ、首《くび》をはねられてしまうのですが、娘《むすめ》は、そのときになればなんとかなると気楽《きらく》に考《かんが》えて、承知《しょうち》したのです。

娘《むすめ》は、毎日《まいにち》きれいなドレスを着《き》て、おいしいものを食《た》べ、楽《たの》しくくらしていました。でも、とうとう十二月《がつ》がきて、王《おう》さまは高《たか》い塔《とう》の中《なか》にある部屋《へや》に娘《むすめ》をつれていきました。

その部屋《へや》には糸車《いとぐるま》といすとベッドしかありません。

「さあ、あすからこの部屋《へや》で、毎日《まいにち》五かせ、糸《いと》をつむぐのだ」

娘《むすめ》はこれまで糸《いと》をつむいだことなんてありません。

「どうしよう、首《くび》をはねられてしまうわ」

悲《かな》しくなった娘《むすめ》がおいおい泣《な》いていると、トントントンと窓《まど》をたたく音《おと》が聞《き》こえました。

窓《まど》をあけてのぞくと、長《なが》いしっぽのある黒《くろ》くて小《ちい》さな小《こ》オニが立《た》っています。

「おいらが、毎日《まいにち》五かせの糸《いと》をつむいでやるよ。そのかわり、一カ月《げつ》のあいだに、おれの名《な》前《まえ》をあててみな。毎日《まいにち》三つまでいっていいよ」

そいつは、歯《は》をむきだして、ニヤリとわらいました。

「もし最後《さいご》まで名前《なまえ》をあてられなかったら、おまえはおいらのお嫁《よめ》さんになるんだぞ」

娘《むすめ》はうれしくて、一カ月《げつ》もあれば、名前《なまえ》くらいあてられるだろうと、あまり深《ふか》く考《かんが》えずに「いいわ」と答《こた》えてしまいました。

次《つぎ》の日《ひ》、娘《むすめ》が一日分《にちぶん》の麻《あさ》を小《こ》オニに渡《わた》すと、夜《よる》にはちゃんとつむぎおわった五かせの糸《いと》をもってきました。

「それじゃあ、おいらの名前《なまえ》をあててみな」

「ビル？」「いいや」

「ネッド？」「いやいや」

「もしかして、マーク？」「はずれ！」

小《こ》オニはうれしそうに、出《で》ていってしまいました。そのあとも毎日《まいにち》、小《こ》オニはやってきました。でも、なかなか名前《なまえ》はあたりません。

ついにあすは十二月最後《がつさいご》の日《ひ》。いつものように、小《こ》オニが、糸《いと》をもってやってきました。

「さあ、おいらの名前《なまえ》はなんだろうな？」

「ハリー？」「ちがうね」

「サムソン？」「いいや」

「だったら、ジャック？」

「大《おお》はずれ〜！　あした名前《なまえ》があてられなかったら、おまえはおいらのものだからな」

そういいのこして、小《こ》オニは、窓《まど》から飛《と》びだしていってしまいました。

どうしたらよいかわからずに、娘《むすめ》がふるえていると、王《おう》さまがやってきました。

「一カ月《げつ》、よくがんばってくれたな。ごほうびに今夜《こんや》はここでいっしょに食事《しょくじ》をしよう」

そして、娘《むすめ》と食事《しょくじ》をしながら、急《きゅう》に思《おも》いだしたようにいいました。

「そういえば、きょうおかしなものを見《み》たよ。穴《あな》の中《なか》に、長《なが》いしっぽの黒《くろ》い小《ちい》さなやつがいて、すごいいきおいで、糸《いと》をつむぎながらうたっていたんだ。

おいらの名前《なまえ》はトム・ティット・トット

ってな」

それを聞《き》いた娘《むすめ》は、とびあがりたいほどうれしく思《おも》いました。

さて、次《つぎ》の日《ひ》。小《こ》オニがやってきました。

「さあて、きょうこそ最後《さいご》の日《ひ》。おいらの名《な》前《まえ》をあててみな」

娘《むすめ》はおびえたふりをしていいました。

「ソロモン？」「いんや」

小《こ》オニは、ぞっとするような笑顔《えがお》で一歩《ぽ》娘《むすめ》に近《ちか》づきます。娘《むすめ》はこまったようにいいました。

「ゼビディー？」「ぜんぜん、ちがう！」

小《こ》オニはさらに近《ちか》づいてきます。

「さあ、こんどでほんとの最後《さいご》だよ」

娘《むすめ》はぴょんととびのくと、大《おお》きな声《こえ》でいいました。

「どんどこつむぐ　糸《いと》つむぐ
おいらの名前《なまえ》はトム・ティット・トット！」

「ぎゃあっ！　なんでわかったんだ～」

小《こ》オニは悲鳴《ひめい》をあげて、暗《くら》やみの中《なか》にすがたを消《け》してしまいました。

そのあと、小《こ》オニのすがたを見《み》たものは、だあれもいなかったということです。

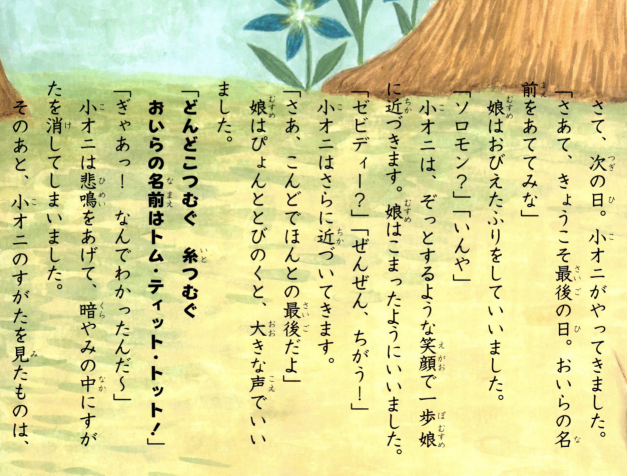

考《かんが》えたことが見抜《みぬ》かれるおそろしさ

さとりのばけもの

原作《げんさく》　柳田国男《やなぎだくにお》
絵《え》　古内《ふるうち》ヨシ

心の中で考えていることは、その本人だけしか知らないこと。その前提がくずれてしまったとき、人はとてつもない恐怖を感じます。ユーモラスだけれどこわいお話。『山父のさとり』より。

読んだよ！

年　月　日　年　月　日

むかしあるところに、一人《ひとり》の桶屋《おけや》がありました。ふろ桶《おけ》や、お湯《ゆ》をくむ手桶《ておけ》などを、コツコツつくる商売《しょうばい》です。

桶《おけ》をつくるのは、きちんとした段取《だんど》りが必《ひつ》要《よう》な職人仕事《しょくにんしごと》。ヒノキやサワラの丸太《まるた》をきり出《だ》し、板《いた》を組《く》み合《あ》わせて筒《つつ》のようにすると、底板《そこいた》をはめこみ、最後《さいご》に竹《たけ》を細《ほそ》く切《き》った「たが」とよばれる輪《わ》をはめこみます。きっちりつくれば、一滴《てき》のお湯《ゆ》ももらさない、しっかりとした桶《おけ》が完成《かんせい》するのです。

ある雪《ゆき》のふった寒《さむ》い朝《あさ》のこと。

この日《ひ》も桶屋《おけや》の男《おとこ》は外《そと》に出《で》て、黙々《もくもく》と仕事《しごと》をしておりました。「たが」をはめるために、細《ほそ》い竹《たけ》をしごいて輪《わ》にする準備《じゅんび》です。

そのときふいに、ガサガサと草《くさ》をふみしだく音《おと》がしたような気《き》がしました。

男《おとこ》が仕事《しごと》の手《て》をとめてそちらに目《め》をやると、ちょうど、やぶをぬけるようにして、おそろしいばけものがぬうっとあらわれました。

天《てん》をつくような大男《おおおとこ》です。ぼうぼうの髪《かみ》に目《め》が一《ひと》つ。大《おお》きな両手《りょうて》をうわんと突《つ》きあげて、こちらにずんずんと近《ちか》づいてくると、あっけにとられている桶屋《おけや》の男《おとこ》の前《まえ》に、だまってズズン、と立《た》ちました。

桶屋《おけや》の男《おとこ》はぞっとしました。頭《あたま》から冷《つめ》たい水《みず》をざあっとかけられたような気持《きも》ちです。

「気味《きみ》の悪《わる》いばけものだ。これはきっとむかしから話《はなし》に聞《き》いていた『山父《やまちち》』だな」

ふるえながらそう考《かんが》えていると、ばけものが太《ふと》くひびく声《こえ》で、こういいました。

「おまえは、『これはむかしから話《はなし》に聞《き》いていた山父《やまちち》だな』、と思《おも》っているな」

桶屋《おけや》の男《おとこ》は、おどろいて、こう考《かんが》えました。

「これはたいへんだ。こっちの思《おも》っていることを、すぐにああしていいあてるのか」

ばけものは、またいいました。

「おまえは、『これはたいへんだ。こっちの思《おも》っていることを、すぐにああしていいあてるのか』、と思《おも》っているな」

「……ははあ、これがさとりか」

「『これがさとりか』、と思《おも》っているな」

「こわいぞ。なにも考《かんが》えないふりをしよう」

「『なにも考《かんが》えないふりをしよう』、と思《おも》っているな」

「だめだ。思《おも》えばすぐにさとられてしまう」

「『思《おも》えばすぐにさとられてしまう』、と思《おも》っているな」

「いやはや、こまった」

「『いやはや、こまった』、と思《おも》っているな」

ばけものは、桶屋《おけや》の顔《かお》をのぞきこむようにすると、ますますおもしろそうに、太《ふと》くひびく大《おお》きな声《こえ》でいいました。

桶屋《おけや》の男《おとこ》は、ぶるぶるがたがたふるえてしまって、たいへんです。

「しかたない。しらぬふりをして桶《おけ》づくりをつづけよう」

「『しらぬふりをして桶《おけ》づくりをつづけよう』と思《おも》っているな」

思《おも》うことを次《つぎ》から次《つぎ》へとさとられてしまって、どうにもこうにもなりません。

桶屋《おけや》は、手《て》にもった細《ほそ》い竹《たけ》を輪《わ》にすると、桶《おけ》をしめる「たが」にする作業《さぎょう》をむりにでもつづけようとしました。

ところが、寒《さむ》いやらこわいやらで、かじかんだ手《て》がすべってしまいました。

その瞬間《しゅんかん》、男《おとこ》の手《て》で曲《ま》げられていた「たが」の竹《たけ》のはしっこが、手《て》をはなれてそりかえり、山父《やまちち》の顔《かお》をぱちんと打《う》ちました。

わああああああああっ！

「なんだこれは！　桶屋《おけや》のやつ、いまは何《なに》も思《おも》っていなかったじゃないか」

……人間《にんげん》というのは、ときどき、思《おも》ってもいないことをする。こわい、こわい、こわすぎる。そう考えた山父《やまちち》のばけものは、山《やま》の奥《おく》へとにげていってしまいましたとさ。

しゃれこうべをカタカタいわせて……

おどるがいこつ

文《ぶん》 ほんまあかね
絵《え》 村田《むらた》エミコ

むかしむかし、北国《きたぐに》の小《ちい》さな村《むら》に、なかよしの二人《ふたり》の男《おとこ》がいた。川上《かわかみ》にすんでいたのが、ものぐさ者《もの》の久兵衛《きゅうべえ》。川下《かわしも》にすんでいたのが、りちぎ者《もの》の十兵衛《じゅうべえ》。二人《ふたり》は子《こ》どものころからの友《とも》だちだった。

「村《むら》にいても、なかなか仕事《しごと》はないいな」

と、十兵衛《じゅうべえ》がいうと、久兵衛《きゅうべえ》も

「ほんとにそうだ。仕事《しごと》はねえな」

「ひとつ、京《きょう》の都《みやこ》に出《で》て、かせがないか」

と、十兵衛《じゅうべえ》がいうと、久兵衛《きゅうべえ》も

「そりゃおもしれえ。都《みやこ》でかせごう」

こうして二人《ふたり》は、京《きょう》の都《みやこ》にかせぎに出《で》かけることにした。

京《きょう》の都《みやこ》でりちぎな十兵衛《じゅうべえ》はよくはたらき、少《すこ》しずつだが金《かね》もたまった。ところが、ものぐさ久兵衛《きゅうべえ》ときたら、悪《わる》い仲間《なかま》をつくって、おもしろおかしく遊《あそ》んでばかり。

悪事はいつか露見する、という教訓のようなお話です。がいこつがおどりだしたのには、深い深いわけがありました。いつの世にも、自分かってでまわりをこまらせる人間はいるようですね。

読んだよ！

年　月　日　　年　月　日

「よう、久兵衛《きゅうべえ》。あれから三年《ねん》だ。かせいだ金《かね》をもって、そろそろ村《むら》へ帰《かえ》ろうじゃないか」
「はあ、十兵衛《じゅうべえ》。ごりっぱなことだな。おれには金《かね》なんて、これっぽっちもねえよ」

「しかたがないな、金《かね》なら貸《か》してやるさ」

りちぎな十兵衛《じゅうべえ》はものぐさ久兵衛《きゅうべえ》に金《かね》を出《だ》してやって旅《たび》のしたくをすませると、二人《ふたり》そろって、ふるさとの村《むら》に帰《かえ》ることにした。

長《なが》い旅路《たびじ》を楽《たの》しく過《す》ごし、村《むら》が見《み》える峠《とうげ》にたどりついたときのことだ。

「久兵衛《きゅうべえ》。見《み》てみろ、なつかしい村《むら》だ」

村《むら》を見《み》おろす十兵衛《じゅうべえ》の後《うし》ろすがたを見《み》るうち久兵衛《きゅうべえ》にむらむらと悪《わる》い心《こころ》がわきあがった。

「借《か》りた金《かね》を返《かえ》すのも惜《お》しいじゃねえか。このまま十兵衛《じゅうべえ》を殺《ころ》してしまえ！」

久兵衛《きゅうべえ》は十兵衛《じゅうべえ》をばっさりと斬《き》り殺《ころ》すと、その荷物《にもつ》と金《かね》を自分《じぶん》のものにして、なにくわぬ顔《かお》で村《むら》に帰《かえ》った。そして、なつかしい村人《むらびと》にかこまれると、こういいはなったものだ。

「なに？　あのりちぎ者《もの》だった十兵衛《じゅうべえ》がどうしたかって？　ああ、あいつは、京《きょう》の都《みやこ》ですっかり変《か》わっちまった。いまじゃひどい悪人《あくにん》だ。もう二度《にど》と村《むら》には帰《かえ》らねえってよ」

久兵衛《きゅうべえ》は盗《ぬす》んだ金《かね》をあっというまに使《つか》いはたすと、またはたらきに出《で》るしかなくなった。

あの峠《とうげ》にさしかかったときのことだ。

「久兵衛《きゅうべえ》、久兵衛《きゅうべえ》」

呼《よ》ばれてふりむいた久兵衛《きゅうべえ》。なんと、声《こえ》をかけてきたのは、カタカタと骨《ほね》を鳴《な》らしておどりをおどる、がいこつだった。

おどろく久兵衛《きゅうべえ》に、がいこつはこういった。

「久《ひさ》しぶりだな、久兵衛《きゅうべえ》。おれはおまえにここで殺《ころ》された十兵衛《じゅうべえ》だよ。なに、こわがることはない。おれとおまえは古《ふる》い仲《なか》だ。二人《ふたり》で組《く》んでがっぽりもうけようじゃないか」

がいこつおどり　がいこつおどり
世《よ》にも珍《めずら》しい　がいこつおどり

久兵衛《きゅうべえ》が人《ひと》を集《あつ》めて、がいこつがおどる。

がいこつは、しゃれこうべをカタカタいわせながら、骨《ほね》の手足《てあし》をふりあげて、おもしろおかしく、いくらでもおどる。

「へへっ、こいつはいいや」

久兵衛《きゅうべえ》は上機嫌《じょうきげん》だ。がいこつをつれて、村《むら》から村《むら》へと回《まわ》って歩《ある》いた。がっぽがっぽと、おもしろいように金《かね》になる見《み》せ物《もの》だった。

ところががいこつは、あるお城《しろ》の前《まえ》に来《く》ると、ピタッと止《と》まって動《うご》かなくなった。

「殿《との》さまが、うわさに聞《き》くがいこつおどりを見《み》たいと申《もう》されておる」

家来《けらい》にいわれて殿《との》さまの前《まえ》に通《とお》されたのはいいのだが、がいこつはぜんぜん動《うご》かない。

こまりはてた久兵衛《きゅうべえ》は、うたったり、はやしたてたり、汗《あせ》をかきかき、大《おお》さわぎ。

やがてがいこつは、静《しず》かに動《うご》きだし、殿《との》さまの前《まえ》でこういった。

「お殿《との》さま。わたしはこのときを待《ま》っておりました。わたしは、この久兵衛《きゅうべえ》の幼《おさな》なじみの十兵衛《じゅうべえ》と申《もう》すもの。わたしを峠《とうげ》で殺《ころ》して、金《かね》を盗《ぬす》んだのは、この久兵衛《きゅうべえ》です」

がいこつのおかげで、久兵衛《きゅうべえ》の悪事《あくじ》はすべてばれてしまったとさ。おしまい。

ごきげんをそこねないように！

ブラウニーとのつきあい方《かた》

スコットランドの昔話《むかしばなし》

絵《え》 谷口《たにぐち》 愛《あい》

家にすみついて、家事を助けてくれる小人のお話。うちにもお手伝いしてくれる小人がいたらいいのに、と思った人は、その生態を知っておくといいですよ。

ブラウニーは、小人《こびと》の妖精《ようせい》です。

背《せ》は一メートルたらずで、人間《にんげん》の子《こ》どもくらい。たいていもじゃもじゃの茶色《ちゃいろ》の髪《かみ》で、くしゃくしゃの茶色《ちゃいろ》い顔《かお》、おんぼろの茶色《ちゃいろ》い服《ふく》を着《き》ているので、「茶色《ちゃいろ》（ブラウン）さん」とよばれるようになりました。

この妖精《ようせい》、気立《きだ》てのいいはたらき者《もの》で、農《のう》家《か》の納屋《なや》や家畜小屋《かちくごや》にすんでいます。

家族《かぞく》が夜眠《よるねむ》っているあいだに、納屋《なや》のわらや干《ほ》し草《くさ》をたばねてくれたり、牛《うし》や馬などの世話《せわ》をしたり、ときには台所《だいどころ》の皿洗《さらあら》いや、ちらかった部屋《へや》をお掃除《そうじ》してくれたりします。

かと思《おも》うと、気《き》まぐれなところもあって、かたづいている部屋《へや》をわざとちらかしたり、牛《うし》を小屋《こや》の外《そと》に出《だ》して、にがしてしまったりのいたずらをすることもあるんです。

気《き》に入《い》った人間《にんげん》には、とても親切《しんせつ》です。近所《きんじょ》の農家《のうか》の納屋《なや》から、わらや干《ほ》し草《くさ》をもってきてくれるので、ブラウニーのすみついた家《いえ》は、豊《ゆた》かになるといわれています。

読んだよ！

年　月　日　　年　月　日

でも、近所《きんじょ》の農家《のうか》にも別《べつ》のブラウニーがいると、もめごとが起《お》こることがあります。

あなたが、もし、夜中《よなか》に目《め》がさめて、わらや干《ほ》し草《くさ》が、空中《くうちゅう》をとびかっているのを見《み》たとしたら、それはきっと、ブラウニーどうしが、わらや干《ほ》し草《くさ》をとりあって、けんかしているんですよ。

さて、そんなブラウニーがよい仕事《しごと》をしてくれたときには、どうしたらいいのでしょう。ちょっぴりでいいので、納屋《なや》や家《いえ》の片《かた》すみに、オートミールのどろどろおかゆや、焼《や》きたてのお菓子《かし》、たっぷりのおいしいミルクなどを、そっと置《お》いてあげましょう。とくに、クリスマスやお祝《いわ》いの前《まえ》の夜《よる》には、忘《わす》れずにね。

そして、翌朝《よくあさ》、それがなくなっていても、しらんぷり。けっして大《おお》さわぎをしてはいけません。ブラウニーはおおげさに感謝《かんしゃ》されることがとても苦手《にがて》なのです。

ブラウニーがしてくれた仕事《しごと》がうれしくても、いいふらしてはいけません。

ある娘《むすめ》さんが、友《とも》だちに「ブラウニーが仕《し》事《ごと》を手伝《てつだ》ってくれたの！」と、話《はな》してしまったら、夜《よる》のあいだにベッドからほうりだされて、朝目《あさめ》をさましたら、農場《のうじょう》のまん中《なか》で眠《ねむ》っていた……、そんなこともあったそうですからね。

また、ブラウニーは、ばかにされることも大《だい》きらい。

道《みち》でブラウニーに会《あ》った農夫《のうふ》が、とてもえらそうな口調《くちょう》で「おれさまが歩《ある》くんだ。道《みち》をどけ」とどなったとたんに、垣根《かきね》を越《こ》えて、雪《ゆき》の原《はら》っぱに投《な》げ飛《と》ばされてしまったとか。

さて、いろいろお話《はな》ししてきましたが、ブラウニーとつきあうとき、いちばん気《き》をつけなくてはいけないことはなんでしょう。

それは、いくらブラウニーがおんぼろの服《ふく》を着《き》ていたとしても、新品《しんぴん》の洋服《ようふく》をプレゼントしてはだめ、ということです。

だって、新《あたら》しい洋服《ようふく》を着《き》たブラウニーは、うれしくてうれしくて、それを仲間《なかま》にじまんするために家《いえ》から出《で》ていってしまい、それっきりもどってこないのだそうですよ。

愛《あい》する気《き》持《も》ちが強《つよ》すぎたのでしょうか……

安《あん》珍《ちん》と清《きよ》姫《ひめ》

日本《にほん》の昔話《むかしばなし》
絵《え》　タカタカヲリ

むかしむかし、ずっとむかしのお話《はなし》です。

安珍《あんちん》という名前《なまえ》の、若《わか》くて、たいそう格好《かっこう》のよいお坊《ぼう》さんがおりました。安珍《あんちん》は、遠《とお》く奥州白河《おうしゅうしらかわ》から、紀州《きしゅう》の熊野権現《くまのごんげん》というありがたい神社《じんじゃ》にお参《まい》りにやってきたところです。

安珍《あんちん》は、熊野参《くまのまい》りのたびに宿《やど》にしている、街道沿《かいどうぞ》いの大《おお》きな庄屋《しょうや》の家《いえ》に泊《と》めてもらうことにしました。庄屋《しょうや》の家《いえ》には、清姫《きよひめ》という名前《なまえ》の、若《わか》くて、かわいらしい娘《むすめ》がいます。

「いつも来《き》てくださる安珍《あんちん》さま。ああ、なんてすてきなお坊《ぼう》さまなのかしら」

年《とし》ごろの清姫《きよひめ》は、安珍《あんちん》のことがすっかり好《す》きになってしまいました。

長旅《ながたび》で疲《つか》れた足《あし》を洗《あら》ってさしあげ、お食事《しょくじ》をだしたり、お茶《ちゃ》をだしたり。あれこれ安珍《あんちん》の世話《せわ》を焼《や》くうちに、清姫《きよひめ》は、安珍《あんちん》とずっといっしょにいたいと思《おも》うようになったのです。


平安時代から伝わる古い説話物語です。安珍のその場かぎりのウソが清姫を変えました。大蛇は人の心にすむ魔もののすがたのようです。この話の後日談が歌舞伎舞踊の「娘道成寺」です。

読んだよ！

年　月　日

年　月　日

その夜《よ》のことです。なんと、清姫《きよひめ》はこっそり安珍《あんちん》の部屋《へや》に忍《しの》びこんでしまいました。

「清姫《きよひめ》さま、いったい、どうしたのですか？」

ぐっすり眠《ねむ》っていた安珍《あんちん》は、目《め》をさまして、おどろきました。

「安珍《あんちん》さま。どうかわたしをお嫁《よめ》さんにしてください」

安珍《あんちん》には思《おも》ってもみないことでしたので、すぐさま、清姫《きよひめ》にことわりました。

「申《もう》し訳《わけ》ありません。わたしは修行中《しゅぎょうちゅう》の身《み》です。結婚《けっこん》することはできないのです」

しかし清姫《きよひめ》は、がんとして聞《き》きません。

「どうかどうか、お嫁《よめ》さんにしてください」

安珍《あんちん》はこまりはてて、つい、口先《くちさき》だけの嘘《うそ》の約束《やくそく》をしてしまいました。

「それでは、熊野《くまの》権現《ごんげん》にお参《まい》りした帰《かえ》りに、また、こちらに立《た》ちよることにしましょう」

「うれしい！　安珍《あんちん》さま、きっとですよ」

清姫《きよひめ》は心《こころ》の底《そこ》からよろこびました。

　さて、それからというもの、清姫《きよひめ》は、熊野《くまの》権現《ごんげん》から安珍《あんちん》がもどってくる日《ひ》を楽《たの》しみに待《ま》ちつづけました。

　しかし、待《ま》っても待《ま》っても、安珍《あんちん》はもどってきません。心配《しんぱい》になった清姫《きよひめ》は、街道《かいどう》にでて、道《みち》を通《とお》る旅人《たびびと》たちに安珍《あんちん》を見《み》なかったか、聞《き》いてみることにしました。

「ああ、知《し》っています、知《し》っています。そのお坊《ぼう》さまなら、わざわざ別《べつ》の道《みち》を選《えら》んで、ずうっと先《さき》に行《い》きました。ずいぶん急《いそ》いでいるようすでしたなあ」

　そう教《おし》えてくれる人《ひと》がいました。

「あんなに約束《やくそく》したのに。ここに立《た》ちよらずに行《い》ってしまうとは、なんてひどい」

　清姫《きよひめ》は安珍《あんちん》を追《お》いかけて、走《はし》りだしました。きりきりと目《め》をつりあげ、着物《きもの》のすそをもちあげて、ものすごい速《はや》さ。それは、まわりの人《ひと》がおどろくほどの勢《いきお》いでした。

「あれあれ、この娘《むすめ》さんはどうしたことだ」

「まるで地獄《じごく》にむかうようではないか」
街道《かいどう》を行《い》く人々《ひとびと》が自分《じぶん》をそんなふうに見《み》ていることにも気《き》がつきません。
清姫《きよひめ》は走《はし》って走《はし》って走《はし》って、やがて峠《とうげ》から遠《とお》くをのぞむところまでやってきました。はるかかなたに小《ちい》さく安珍《あんちん》のすがたが見《み》えます。

「安珍《あんちん》さまぁ
安珍《あんちん》さまぁ」

その声《こえ》に安珍《あんちん》がぎょっとしてふりかえると、峠《とうげ》の上《うえ》から転《ころ》がるようにこちらにむかって走《はし》ってくるのは、髪《かみ》をふりみだした清姫《きよひめ》です。
すごい速《はや》さでこちらに迫《せま》ってきます。あんなにかわいかった清姫《きよひめ》が、いまや、着物《きもの》はぼろぼろにちぎれ、足《あし》ははだしで血《ち》まみれで、これが鬼《おに》かというすがたでした。
こわくなった安珍《あんちん》は、あわてて走《はし》ってにげだしました。

「安珍《あんちん》さまぁ
安珍《あんちん》さまぁ」

必死《ひっし》でにげる安珍《あんちん》。みるみる清姫《きよひめ》との距離《きょり》はちぢまり、ついに安珍《あんちん》が追《お》いつかれそうになったのは、日高川《ひだかがわ》のほとりでした。

「もはやこれまでか」

あきらめかけた目《め》の前《まえ》に、一そうの渡《わた》し舟《ぶね》。安珍《あんちん》は急《いそ》いで飛《と》びのりました。さすがの清姫《きよひめ》も、舟《ふね》がなければ川《かわ》をわたれないと思《おも》ったのです。ところが清姫《きよひめ》の勢《いきお》いはとまりません。

「憎《にく》い安珍《あんちん》、のがすものかっ」

清姫《きよひめ》はそういって川《かわ》に飛《と》びこみ、たちまち大《おお》きな大《おお》きなヘビのすがたになりました。身《み》をくねらせて川《かわ》を泳《およ》いできます。

むこう岸《ぎし》で舟《ふね》をおりた安珍《あんちん》は、道成寺《どうじょうじ》というお寺《てら》ににげこみました。

ただごとならないようすを見《み》ていたお寺《てら》のお坊《ぼう》さんたちは、急《いそ》いで大《おお》きな釣《つ》り鐘《がね》をおろして、その中《なか》に安珍《あんちん》をかくしてくれました。

お寺《てら》の階段《かいだん》をヘビがずるずる、ずるずるとのぼってきます。

「安珍《あんちん》さまぁ
安珍《あんちん》さまぁ」

そして、釣《つ》り鐘《がね》の下《した》に安珍《あんちん》のわらじが少《すこ》しばかりでているのを見《み》つけると、ぐるぐると七周《まわ》りも鐘《かね》にまきついて、口《くち》からゴオゴオと炎《ほのお》をふきだしました。

お寺《てら》のお坊《ぼう》さんたちにも、どうすることもできませんでした。鐘《かね》はまっ赤《か》な炎《ほのお》に包《つつ》まれ、中《なか》にいた安珍《あんちん》は焼《や》けてしまいました。

清姫《きよひめ》は、ヘビのすがたのまま涙《なみだ》を流《なが》し、どこかへ消《き》えていったということです。

トントンお寺《てら》の道成寺《どうじょうじ》
釣《つ》り鐘《がね》おろいて《おろして》身《み》をかくし
安珍清姫《あんちんきよひめ》　蛇《じゃ》にばけて
七重《ななよ》にまかれて
ひとまわり　ひとまわり

紀州《きしゅう》の子《こ》どもたちは、まりをつきながら、こんな歌《うた》をうたってあそんだそうですよ。

引《ひ》っ越《こ》し先《さき》はおばけ屋敷《やしき》!?

ばけもの使《つか》い

文《ぶん》　ほんまあかね
絵《え》　大竹悦子《おおたけえつこ》

「ばけもの使《つか》い」という落語《らくご》を知《し》っていますか。江戸時代《えどじだい》、ご隠居《いんきょ》さんが奉公人《ほうこうにん》にあれこれ指図《さしず》をして、人使《ひとづか》い荒《あら》く仕事《しごと》を頼《たの》むというところからはじまる、おもしろおかしいお話《はなし》です。時代《じだい》が変《か》わって、現代《げんだい》になっても、似《に》たようなお話《はなし》はあるようです。

「もしもし、便利屋《べんりや》さんですか。ホームページを見《み》て電話《でんわ》してるんだけどね」

「はいはーい、こちら、便利屋《べんりや》ベンさんです。お電話《でんわ》ありがとうございます！」

「何《なん》でもやってくれるって、ホントだね？」

「まいど！　何《なん》でもお手伝《てつだ》いします！」

こんな具合《ぐあい》で、携帯電話《けいたいでんわ》で呼《よ》びだされた便《べん》

もしかしたら、江戸時代のおばけ屋敷が、あなたの住む町の片すみにひっそりと建っているかもしれません。あなたがおばけや妖怪にお仕事を頼むとしたら、どんな用事をお願いしますか？

読んだよ！

年　月　日　　年　月　日

利屋《りや》のベンさん。やってきたのは、とある一人暮《ひとりぐ》らしのご老人《ろうじん》のおうちです。
「便利屋《べんりや》さん、ではさっそくお願《ねが》いしましょう。まずはこのゴミを整理《せいり》してね、燃《も》えるゴミは燃《も》えるゴミ、古新聞《ふるしんぶん》は古新聞《ふるしんぶん》、カンはカン、ビンはビン、ペットボトルはペットボトルとわけて、リサイクル置《お》き場《ば》に運《はこ》んでください。そうそう、ペットボトルのキャップは別《べつ》にしてくださいよ。それから、天井《てんじょう》のあかりを、エコなLED《エルイーディー》ライトにかえてもらいましょう。あとはこのあいだのゲリラ豪雨《ごうう》で、雨《あま》どいに枯《か》れ葉《は》がつまっちゃってるから、そうだね、屋根《やね》にのぼってそれをきれいにしたら、ベランダの手《て》すりがこわれているのを修理《しゅうり》して。外《そと》に出《で》たついでに庭木《にわき》を刈《か》りこんで、花壇《かだん》の花《はな》に水《みず》をやって、それがすんだら、商店街《しょうてんがい》までおつかいを頼《たの》みます。それからどうもパソコンの調子《ちょうし》が悪《わる》いんで、データのバックアップと、ウイルス対策《たいさく》もよろしく」

次《つぎ》から次《つぎ》へと用事《ようじ》を頼《たの》む、なんとも人使《ひとづか》いの荒《あら》いおじいさん。ところがこの便利屋《べんりや》さんもえらいもので、いやな顔《かお》ひとつせずにクルクルクルクル、よく動《うご》き回《まわ》ります。

おじいさんの頼《たの》みを軽《かる》くこなした日《ひ》以来《いらい》、たびたび「お仕事《しごと》を頼《たの》むよ」と、携帯電話《けいたいでんわ》が鳴《な》るようになりました。

そんなある日《ひ》。いつものように頼《たの》まれた仕《し》事《ごと》を山《やま》ほどこなした便利屋《べんりや》さんに、おじいさんがこんなことをいいだしました。

「便利屋《べんりや》さんや。あんたの働《はたら》きは格別《かくべつ》だねえ。気持《きも》ちがいいねえ。実《じつ》は、この家《いえ》をひきはらって、引《ひ》っ越《こ》すことになったんですが、どの家《いえ》でも、引《ひ》きつづき、お願《ねが》いできますね」

「まいど！　よろこんで！」

安請《やすう》け合《あ》いをした便利屋《べんりや》のベンさん。

「ところで、引《ひ》っ越《こ》し先《さき》はどちらです？」

おじいさんがニヤリと笑《わら》っていうことには、

「それがちょっとワケアリでね。二丁目《ちょうめ》で

ずうっと長《なが》いあいだ空《あ》き家《や》になっていた、あの、古《ふる》ーい家《いえ》なんです。知《し》っているでしょう？」

「えっ？　ネットでも『出《で》る』とウワサの、あの『おばけ屋敷《やしき》』ですか？」

便《べん》利《り》屋《や》さんはブルブルとふるえだしました。めっそうもないというように手《て》をふると、

「いやいや、それだけはかんべんしてください。どんな用事《ようじ》も引《ひ》き受《う》けますが、おばけの出《で》るところで働《はたら》くのだけは、ごめんです」

「なんだ、だらしないねえ。あんたほど働《はたら》く便《べん》利《り》屋《や》さんがいるとは思《おも》えないのだが。はてさて、困《こま》ったものだ……」

それでもおじいさんは、便《べん》利《り》屋《や》さんに引《ひ》っ越《こ》しの手伝《てつだ》いまで引《ひ》き受《う》けさせてしまったのだから、さすがです。

いよいよ引《ひ》っ越《こ》しの日《ひ》。便《べん》利《り》屋《や》のベンさんは、ウワサのおばけ屋敷《やしき》におじいさんの荷物《にもつ》を運《はこ》びこむと、後《うし》ろもふりむかず、にげるように帰《かえ》っていきました。

さてその晩《ばん》のことです。**どろどろどろろろーん**と、妙《みょう》な音《おと》とともに、一反《いったん》もめんが出《で》てきました。おじいさんは、あわてずさわがず、

「ほう、やはり出《で》ましたね。ちょうどいい。引《ひ》っ越《こ》しで疲《つか》れたところです。晩《ばん》ごはんのしたくをしたら、ふろをわかして、ふとんをしいて、マッサージをお願《ねが》いします。いろいろ仕事《しごと》があるから、あすは、朝《あさ》からよろしく」

次《つぎ》の朝《あさ》は、**どろどろどろろろーん**、からかさおばけが出《で》てきました。

「やあ、おはよう。どうも古《ふる》い家《いえ》はほこりっぽくてしかたありません。掃除《そうじ》を頼《たの》みたいのだが、一本足《いっぽんあし》で大丈夫《だいじょうぶ》ですか。働《はたら》きにくそうな形《かたち》ですね。雨《あめ》の日《ひ》だったら役《やく》に立《た》つかもしれないけれど……。さあ、掃除機《そうじき》をかけたら、モップで床《ゆか》をピカピカにしてくださいよ」

そのまた次《つぎ》の日《ひ》、**どろどろどろろーん。**

「お、きょうはのっぺらぼうのおねえさん。ちょうどリビングの本棚《ほんだな》の位置《いち》をね、ちょっとずらしてもらいたかったところです。引《ひ》っ越《こ》しの日《ひ》から気《き》に入《い》らなくてね。力仕事《ちからしごと》で悪《わる》いけれど、まだまだやってもらいたいことがあるから、さっさとすませてくださいよ。おや、おねえさん、目《め》のない顔《かお》で泣《な》いているんですか。おとといの一反《いったん》もめんも、からかさおばけもポタポタ泣《な》きながら働《はたら》いていましたよ。なかなかあの便利屋《べんりや》のベンさんのようにはいかないものですね。わたしは、用事《ようじ》をすませてもらえれば、それでいいんですけどね」

次《つぎ》の日《ひ》、おじいさんが目《め》をさますと、枕《まくら》元《もと》にはタヌキが一ぴき、すわっています。

「きょうでおひまをいただきます。この屋敷《やしき》のばけものは、わたしがばけておりました。しかし、もう無理《むり》です。こんなに人使《ひとづか》いが荒《あら》い、いえ、『ばけもの使《つか》い』が荒《あら》い人《ひと》は、見《み》たことがありません」

その日《ひ》から、ウワサのおばけ屋敷《やしき》におばけが出《で》ることは、なくなりました。

そのあと、おじいさんがまた携帯電話《けいたいでんわ》で便利屋《べんりや》さんを呼《よ》んだかどうか。

それは、便利屋《べんりや》さんに聞《き》いてみてください。

人《ひと》食《く》いトロルからにげだせる？

トロルとかしこい少《しょう》年《ねん》

ノルウェーの昔話《むかしばなし》
絵《え》 はんまけいこ

むかしむかし、あるところに一人《ひとり》の農夫《のうふ》がおりました。とても貧《まず》しく、年《とし》をとって弱《よわ》っていたので、三人《にん》の息子《むすこ》に森《もり》の木《き》をきらせ、それを売《う》ってお金《かね》をかせごうと考《かんが》えました。

長男《ちょうなん》が最初《さいしょ》に出《で》かけました。森《もり》へ入《はい》って、もじゃもじゃのもみの木《き》をきろうとしたその

トロルは、北欧の国々、とくにノルウェーの民話に出てくる巨人。力じまんの乱暴者で、あまり知恵はない存在として描かれることが多いようです。

読んだよ！

年　月　日　　年　月　日

とき、大《おお》きくてがんじょうな体《からだ》つきのトロルがあらわれました。

「おれの森《もり》の木《き》をきったりしたら、おまえを食《く》っちまうぞお！」

長男《ちょうなん》はおどろいておのをほうり投《な》げ、一目《いちもく》散《さん》に家《いえ》ににげ帰《かえ》りました。息《いき》を切《き》らしながら、トロルに出会《であ》った話《はなし》をすると、父親《ちちおや》はひどく不《ふ》きげんになりました。

「なんて、おくびょう者《もの》なんだ。わしが若《わか》いころは、森《もり》の木《き》をきったからって、トロルにおどされたりなんか、しなかったもんだ」

次《つぎ》の日《ひ》、次男《じなん》が森《もり》に出《で》かけましたが、長男《ちょうなん》と同《おな》じことになりました。何度《なんど》かおのをふるって、もみの木《き》にきりつけたところで、またトロルがあらわれたのです。

「おれの森《もり》の木《き》をきったりしたら、おまえを食《く》っちまうぞお！」

次男《じなん》は、おそろしくて、トロルを見《み》ることもできません。おのを投《な》げ捨《す》て、全速力《ぜんそくりょく》でにげ帰《かえ》りました。父親《ちちおや》はおこっていいました。

「なんて、おくびょう者《もの》なんだ。わしが若《わか》いころは、トロルにおどされたりなんか、しなかったもんだ」

三日《か》め、三男《さんなん》のアシュラッドがいいました。

「ぼくが行《い》くよ」

「なんだって？　力《ちから》もない、ちびすけのおまえがかい？」

「これまで、うちからだってろくに出《で》たこともないくせに」

アシュラッドは、兄《あに》たちには何《なに》もいい返《かえ》しませんでしたが、母親《ははおや》にたのみました。

「うんと大《おお》きなお弁当《べんとう》をつくってよ」

母親《ははおや》がなべに材料《ざいりょう》を入《い》れて火《ひ》にかけ、大《おお》きなかたまりのチーズをつくってくれたので、アシュラッドはそれを自分《じぶん》の背中《せなか》のリュックサックに入《い》れ、森《もり》へと出発《しゅっぱつ》しました。

　さて、アシュラッドが木《き》をきりはじめると、すぐにトロルがやってきました。

「おれの森《もり》の木《き》をきったりしたら、
おまえを食《く》っちまうぞお！」

　アシュラッドは急《いそ》いでリュックサックが置《お》いてあるところまで走《はし》って、チーズのかたまりをとってきました。そして、力《ちから》いっぱいチーズをにぎりしめたのです。チーズから水分《すいぶん》がぽたぽたとしたたり落《お》ちます。

「うるさいな。だまらなければ、おまえもこの白《しろ》い石《いし》みたいにしぼりつぶしちゃうよ」

　トロルはびっくり。

「おまえ、強《つよ》いなあ。
命《いのち》ばかりは助《たす》けてくれよお。
木《き》をきる手伝《てつだ》いをするからさあ」

　アシュラッドは、もちろんかんべんしてやりました。トロルは木《き》をきるのがじょうずだったので、その日《ひ》のうちにたくさんの薪《たきぎ》をきりだすことができました。

夕方《ゆうがた》になると、トロルがいいました。

「強《つよ》いおまえ、うちにおいでよお。
夕飯《ゆうはん》をごちそうしてやるよお」

トロルは、アシュラッドをうまくだまして、食《た》べてしまおうと考《かんが》えたのです。

さて、おかゆをつくるには、いろりに火《ひ》をおこして、なべに水《みず》を入《い》れなくてはなりません。でも、鉄《てつ》のバケツが重《おも》くて、小《ちい》さなアシュラッドの力《ちから》では動《うご》かすことができそうもありません。そこで、アシュラッドは知恵《ちえ》をしぼって、こういいました。

「こんな小《ちい》さな指《ゆび》ぬきなんかじゃ、ぜーんぜん水《みず》が足《た》りないね。ぼくが井戸《いど》ごともってきてあげよう」

トロルはまたびっくり。

「井戸《いど》がなくなったら、こまっちちまうよお。
おれが水《みず》をくんでくるよお。
強《つよ》いおまえ、おまえは小《ちい》さいのに、
ほんとうに力《ちから》持《も》ちなんだなあ」

さて、おかゆができあがりました。

「さあ、お食《た》べ、強《つよ》いおまえ。たくさん食《た》べて太《ふと》るといいよお」

トロルがいいました。心《こころ》の中《なか》では、

「太《ふと》った子《こ》どもはきっとおいしいぞ」

と考《かんが》えていたのです。

トロルの考《かんが》えを察《さっ》して、なんとしてもにげだそうと思《おも》ったアシュラッドは、また知恵《ちえ》をしぼって、こっそりリュックサックを服《ふく》の下《した》にかくしました。

「おいしいおかゆだね。ぼくは大好《だいす》きさ。さあ、どちらがたくさん食《た》べられるかな」

そして食《た》べるふりをしながら、たくさんのおかゆを、リュックサックに流《なが》しこみます。

「ふう。ちょっと胃《い》を広《ひろ》げてみよう」

リュックサックがいっぱいになったところで、アシュラッドはナイフでリュックサックのおなかを切《き》りさいてみせました。トロルはそれを見《み》ていましたが、何《なに》もいいません。

しばらく二人《ふたり》はだまって食《た》べつづけましたが、とうとうトロルが苦《くる》しそうにスプーンをおろしました。

「もうこれ以上《いじょう》は食《た》べられないぞお」

「なんだって？　おどろいたな。ぼくはまだ、ようやく半分《はんぶん》くらいだよ。ぼくみたいに胃《い》に穴《あな》をあけてごらんよ。もっともっとたくさん食《た》べられるよ」

「びっくりしたなあ、強《つよ》いおまえ。そんなことをして、いたくないのかあ？」

「ぜーんぜん、へっちゃらさ！」

そこで、トロルは思《おも》いきって自分《じぶん》のおなかを切《き》りさいてみました。そして、ほらね、一巻《いっかん》のおわりでした。

こうしてかしこいアシュラッドは、人食《ひとく》いトロルに食《た》べられることもなく、もじゃもじゃのもみの木《き》をすべて薪《たきぎ》にして、トロルの金貨銀貨《きんかぎんか》も持《も》ち帰《かえ》り、家族《かぞく》と幸《しあわ》せにくらしましたとさ。

おそろしい鬼《おに》を退治《たいじ》するお話《はなし》

大江山《おおえやま》の酒呑童子《しゅてんどうじ》

原作《げんさく》　楠山正雄《くすやままさお》
絵《え》　伊野孝行《いのたかゆき》

　このお話《はなし》、やたらとむずかしいむかしの名《な》前《まえ》がたくさんでてきます。名前《なまえ》を覚《おぼ》えなくてもいいから、名前《なまえ》のリズムを楽《たの》しんで聞《き》いてくださいね。

　むかしむかし、丹波《たんば》の大江山《おおえやま》に酒呑童子《しゅてんどうじ》とよばれる鬼《おに》がすんでいました。

「大江山《おおえやま》の鬼《おに》」とおそれられた酒呑童子《しゅてんどうじ》は、毎日《まいにち》のように都《みやこ》にやってきて町《まち》を荒《あ》らしました。姫《ひめ》や若君《わかぎみ》をさらっては山《やま》へつれていき、その血《ち》をのみ、肉《にく》を食《た》べるという、それはそれはおそろしい鬼《おに》でした。

　あるとき、池田《いけだ》の中納言《ちゅうなごん》の姫君《ひめぎみ》も、酒呑童《しゅてんどう》子《じ》にさらわれてしまいました。娘《むすめ》をうばわれた中納言《ちゅうなごん》の悲《かな》しみはたいへんなものです。それを知《し》った※帝《みかど》は、もうこれ以上《いじょう》、人々《ひとびと》を苦《くる》しめる酒呑童子《しゅてんどうじ》をほうってはおけないと、武勇《ぶゆう》にすぐれた源頼光《みなもとのよりみつ》に鬼退治《おにたいじ》を命《めい》じました。

　源頼光《みなもとのよりみつ》という大将《たいしょう》には、その名《な》も知《し》れわたる「頼光《よりみつ》の四天王《してんのう》」という四人《にん》の強《つよ》い家来《けらい》がいました。渡辺綱《わたなべのつな》、卜部季武《うらべのすえたけ》、碓井貞光《うすいさだみつ》、坂田金時《さかたのきんとき》という四人《にん》の強《つよ》い武将《ぶしょう》たち。最後《さいご》の坂田金時《さかたのきんとき》というのは、子《こ》どものころは、金太《きんた》郎《ろう》とよばれていました。熊《くま》とすもうをとった力持《ちからも》ちの金太郎《きんたろう》のことは、聞《き》いたことがあるかもしれません。

大酒のみの酒呑童子は、ヤマタノオロチの神話にも少し似ています。「神さまがきっと守ってくれる」という民間の神明加護の思想が反映され、語りつがれました。楠山正雄『大江山』より。

読んだよ！

年　月　日　　年　月　日

※帝《みかど》……天子《てんし》・天皇《てんのう》のこと。

頼光《よりみつ》は、考《かんが》えました。

「酒呑童子《しゅてんどうじ》という鬼《おに》は、人間《にんげん》とちがって、変幻自在《へんげんじざい》、すがた形《かたち》を思《おも》うままに変《か》えられると聞《き》いている。おおぜいの軍勢《ぐんぜい》をひきつれていくより、知恵《ちえ》があって力《ちから》もある、よりぬきの武士《ぶし》をつれていくのがいいだろう」

そこで、頼光《よりみつ》は「四天王《してんのう》」ともう一人《ひとり》、平井保昌《ひらいやすまさ》という武士《ぶし》をつれて、山伏《やまぶし》のすがたになると、六人《にん》で大江山《おおえやま》へとむかったのです。

さて、頼光《よりみつ》たちが山道《やまみち》を歩《ある》いていくと、三人《にん》のおじいさんに会《あ》いました。頼光《よりみつ》はふしぎなことだと考《かんが》え、これは、もしかしたら鬼《おに》がばけているかもしれぬぞと、油断《ゆだん》をせずに話《はなし》を聞《き》きました。

「わたしたちは娘《むすめ》や妻《つま》を酒呑童子《しゅてんどうじ》にさらわれたものです。どうか鬼《おに》を退治《たいじ》してください」

おじいさんたちはそういうと、ふしぎな酒《さけ》が入《はい》った瓶《かめ》をさしだしました。

「これは神便鬼毒酒《じんべんきどくしゅ》といって、人《ひと》がのんだなら力《ちから》がでます。でも鬼《おに》がのんだなら、その力《ちから》を失《うしな》ってしまうという酒《さけ》です。酒呑童子《しゅてんどうじ》は、酒呑《さけの》み童子《どうじ》。これをのませて、酔《よ》いつぶれたところをねらってください」

そういうと、三人《にん》ともふいとすがたが見《み》えなくなりました。実《じつ》はこの三人《にん》は、石清水八幡《いわしみずはちまん》、住吉明神《すみよしみょうじん》、熊野権現《くまのごんげん》という神《かみ》さまたち。勇敢《ゆうかん》にも鬼退治《おにたいじ》にむかう頼光《よりみつ》たちに、力《ちから》をかそうと人間《にんげん》のすがたになってあらわれたのでした。

頼光《よりみつ》たちは神《かみ》さまからの酒《さけ》をうけとると、けわしい山道《やまみち》をこえ、岩穴《いわあな》をくぐり、小《ちい》さな谷川《たにがわ》が流《なが》れているところへやってきました。

ふと見《み》ると、若《わか》くきれいな娘《むすめ》が一人《ひとり》、川《かわ》のふちで血《ち》のついた着物《きもの》を洗《あら》いながらしくしくと泣《な》いています。

「娘《むすめ》さん、いったいどうしてこんな山《やま》の中《なか》にたった一人《ひとり》でいるのです」

頼光《よりみつ》がたずねると、娘《むすめ》は涙《なみだ》をこぼしながらこう答《こた》えました。

「わたくしは、都《みやこ》から、鬼《おに》にさらわれてここに来《き》ました」

娘《むすめ》によると、この先《さき》に赤鬼黒鬼《あかおにくろおに》が番《ばん》をする鉄《てつ》の門《もん》があって、その中《なか》にあるりっぱな御殿《ごてん》が酒呑童子《しゅてんどうじ》の城《しろ》だとか。酒呑童子《しゅてんどうじ》は、昼《ひる》となく夜《よる》となく酒《さけ》をのみ、さらってきた娘《むすめ》たちに踊《おど》りをおどらせ、あきてしまうと、その生《い》き血《ち》を吸《す》っては殺《ころ》してしまうというのです。

頼光《よりみつ》たちは、ついに酒呑童子《しゅてんどうじ》の城《しろ》へとやってきました。門番《もんばん》の赤鬼黒鬼《あかおにくろおに》に案内《あんない》されて御《ご》殿《てん》の奥《おく》へとすすむと、やがて雷《かみなり》や稲光《いなびかり》がしきりに起《お》こり、大《おお》きな大《おお》きな赤鬼《あかおに》が、髪《かみ》の毛《け》をさかだてて皿《さら》のような目玉《めだま》をぎょろぎょろさせながらあらわれました。酒呑童子《しゅてんどうじ》です。

「きさまら、どこから来《き》た」

「修行中《しゅぎょうちゅう》のわたしどもは、この山《やま》で道《みち》に迷《まよ》ってしまいました。一晩《ひとばん》の宿《やど》をお願《ねが》いしたい」

さっそく頼光《よりみつ》はもってきた神《かみ》さまの酒《さけ》を酒《しゅ》呑童子《てんどうじ》にさしだしました。

「これは都《みやこ》よりもってまいりました特別《とくべつ》な酒《さけ》でございます。どうぞおのみください。まずはわたしがお毒見《どくみ》を」

そういうと、頼光《よりみつ》は酒《さけ》を自分《じぶん》の杯《さかずき》になみなみとついで、先《さき》にのみほしました。

なんだかあやしいぞと、頼光《よりみつ》たちをうたがっていた酒呑童子《しゅてんどうじ》ですが、頼光《よりみつ》が酒《さけ》をのむのを見《み》てすっかり安心《あんしん》してしまいました。

「これはうまい酒《さけ》だ、もう一ぱいくれ！」

神《かみ》の酒《さけ》というだけあって、その味《あじ》のすばらしいこと。酒呑童子《しゅてんどうじ》はすっかりいい気分《きぶん》になり、酔《よ》いつぶれて眠《ねむ》ってしまいました。鬼《おに》には毒《どく》となる酒《さけ》です。家来《けらい》の鬼《おに》たちもみな、ごろごろと酔《よ》いたおれてしまいました。

頼光《よりみつ》たちは、酒呑童子《しゅてんどうじ》が眠《ねむ》っているうちに、その手足《てあし》を鉄《てつ》の柱《はしら》にしばりつけ、刀《かたな》をぬくと、力《ちから》のかぎりに鬼《おに》の首《くび》をうちとりました。

そこから先《さき》は腕《うで》に自信《じしん》のある武将《ぶしょう》たちです。目《め》をさまして飛《と》びかかってくるほかの鬼《おに》たちも次《つぎ》から次《つぎ》へおもしろいようにたおしました。

頼光《よりみつ》たちは、とらわれていた姫君《ひめぎみ》たちを助《たす》けだし、大江山《おおえやま》をおりました。その中《なか》には池《いけ》田《だ》の中納言《ちゅうなごん》の姫《ひめ》もいました。

頼光《よりみつ》の手柄《てがら》は広《ひろ》く人々《ひとびと》に知《し》れわたり、頼光《よりみつ》と「四天王《してんのう》」をはじめとする強《つよ》い武士《ぶし》たちは、ますます都《みやこ》の人気者《にんきもの》になりました。

羅《ら》生《しょう》門《もん》の鬼《おに》

退治《たいじ》したはずの鬼《おに》がまた出《で》た!?

原作《げんさく》 楠山正雄《くすやままさお》
絵《え》 伊野孝行《いのたかゆき》

大江山《おおえやま》の鬼退治《おにたいじ》の、これはその後《のち》のお話《はなし》です。春《はる》の雨《あめ》がしとしとふる夜《よる》のこと、鬼退治《おにたいじ》で大活躍《だいかつやく》した武士《ぶし》たちが、主人《しゅじん》である源頼光《みなもとのよりみつ》のお屋敷《やしき》に集《あつ》まって酒《さけ》をのんでいました。

「このごろ、京《きょう》の都《みやこ》の羅生門《らしょうもん》に、またまた鬼《おに》が出《で》るそうだ」

一人《ひとり》がこんなことをいいだしたのです。

「おれもそんなうわさを聞《き》いた。通《とお》りかかるものをつかまえて、かたはしから食《た》べるのだそうだ。みんなこわがっている」

「ばかなことを」

四天王《してんのう》の一人《ひとり》、渡辺綱《わたなべのつな》は信《しん》じません。

「大江山《おおえやま》の鬼《おに》・酒呑童子《しゅてんどうじ》なら、おれ

原型は『今昔物語』。謡曲の『羅生門』と『平家物語』の一部が合体してこの物語になりました。片腕を奪われた鬼が、腕をとりもどしにくる作戦が芝居がかっています。『羅生門』より。

読んだよ！

年　月　日　　年　月　日

たちが確《たし》かに退治《たいじ》したばかりではないか」

「綱《つな》よ。大江山《おおえやま》でとりにがした鬼《おに》がいるのかもしれん。そうであったら、どうする？」

「なあに、おれがまた退治《たいじ》してやるまでよ」

「よし、いったな。えらそうにいうなら、きさま、これからすぐに羅生門《らしょうもん》に退治《たいじ》に行《い》け」

「ああ、行《い》くとも。一人《ひとり》でりっぱに退治《たいじ》してきてやる！」

酒《さけ》に酔《よ》ったいきおいで、渡辺綱《わたなべのつな》は、よろいを着《き》たり、かぶとをかぶったり、太刀《たち》を身《み》につけたり。ずんずんしたくをはじめました。

「おいおい、あわてるな。一人《ひとり》で行《い》けば、鬼《おに》はいなかったとうそをつくこともできる。証《しょう》拠《こ》がなければ退治《たいじ》したのかわからないぞ」

酔《よ》っぱらった仲間《なかま》にからかわれた綱《つな》は、むきになっていいました。

「それならこれを、門《もん》の前《まえ》に立《た》ててくる」

〝**渡辺綱《わたなべのつな》、羅生門《らしょうもん》に参上《さんじょう》**〟、そう書《か》かれた大《おお》きな高札《たかふだ》をかかえて、馬《うま》で出《で》かけました。

しょぼつく雨《あめ》にぬれながら、ついに羅生門《らしょうもん》の前《まえ》にやってきた渡辺綱《わたなべのつな》。

目《め》をこらし、耳《みみ》をすましても、黒々《くろぐろ》とした門《もん》が不気味《ぶきみ》に闇《やみ》にそびえるばかりです。

風《かぜ》さえ、そよとも動《うご》きません。

「それみろ。羅生門《らしょうもん》の鬼《おに》など、どこにもいないではないか。やはりうわさは、ウソだったのだろう。まったく、みんなおくびょう者《もの》ばかり。なさけないことだ」

そう独《ひと》り言《ごと》をいいながら、自分《じぶん》の名前《なまえ》が大《おお》きく書《か》かれた高札《たかふだ》を門《もん》の前《まえ》に立《た》て、さあ馬《うま》に乗《の》って帰《かえ》ろうとした、まさに、そのときです。

馬《うま》が突然《とつぜん》、ぶるぶるぶるるっと身《み》ぶるいをしました。綱《つな》が後《うし》ろにひんやりとした気配《けはい》を感《かん》じて、そっとふりむくと、ごく間近《まぢか》に、美《うつく》しく若《わか》い娘《むすめ》が立《た》っているではありませんか。

「おや、娘《むすめ》さん。こんな雨《あめ》の夜《よ》ふけにどうなさいました」

娘《むすめ》にそう声《こえ》をかけたとたん、娘《むすめ》は無言《むごん》で綱《つな》の首《くび》もとに長《なが》い腕《うで》をのばしました。そして、やけに大《おお》きな手《て》を開《ひら》くと、片手《かたて》でぎゅうっと首《くび》をしめてきました。長《なが》いツメがくいこみ、すごい力《ちから》です。美《うつく》しいとみえた娘《むすめ》のすがたは、みるみるうちに、世《よ》にもおそろしい鬼《おに》のすがたに変《か》わりました。

「来《き》たな、きさまが羅生門《らしょうもん》の鬼《おに》か！」

綱《つな》はあわてずさわがず、大《おお》きく刀《かたな》をぬくと、首《くび》にかかった片方《かたほう》の腕《うで》を、いきおいよくばっさりと切《き》り落《お》としてしまいました。

ぎゃああああああああっ！

片腕《かたうで》を綱《つな》の首《くび》もとにのこしたまま、鬼《おに》はさけぶと、空《そら》に舞《ま》いあがりました。

「よくもやったな、渡辺綱《わたなべのつな》。強《つよ》がるおまえにその腕《うで》を七日間《かかん》だけ、あずけてやるとしよう。きっととり返《かえ》しにいくから、覚《おぼ》えておけ！」

空《そら》をビリビリとふるわせながら、おそろしく野太《のぶと》い声《こえ》でさけんだ鬼《おに》は、そのまま、空高《そらたか》く消《き》えていきました。

「やはり鬼《おに》はいたのだな」
首《くび》にくいこむ腕《うで》を引《ひ》きはなし、それをもって酒《さけ》の席《せき》にもどってくると、待《ま》ちかまえていた四天王《してんのう》の仲間《なかま》たちは、綱《つな》をとりまきました。灯《あか》りの下《した》でよく見《み》てみると、鬼《おに》の腕《うで》は、赤《あか》くさびた鉄《てつ》のようなかたい肌《はだ》で、銀《ぎん》の毛《け》がびっしりとはえた、実《じつ》におそろしいものでした。

それから七日《か》のあいだ、綱《つな》は、家《いえ》の外《そと》に貼《は》り紙《がみ》をして、だれも家《いえ》に入《い》れないように家来《けらい》に命《めい》じました。そして、門《もん》をしっかりと閉《し》め、鬼《おに》の腕《うで》をじょうぶな箱《はこ》に入《い》れると、箱《はこ》を見守《みまも》りながらお経《きょう》をあげて過《す》ごしました。

六日《か》のあいだは何事《なにごと》も起《お》こりませんでした。

そして、七日《か》めの夕方《ゆうがた》のこと。一人《ひとり》のおばあさんが綱《つな》の屋敷《やしき》をたずねてきました。

「わたしは、綱《つな》が小《ちい》さいころに世話《せわ》をした乳母《うば》です。どうしても綱《つな》に会《あ》わせてほしい」

屋敷《やしき》を守《まも》る家来《けらい》たちが「今夜《こんや》、主人《しゅじん》はだれにも会《あ》わない」とことわっても、聞《き》きません。そのような乳母《うば》には心《こころ》あたりがなかった綱《つな》ですが、おばあさんを部屋《へや》へ通《とお》すことにしました。

「なつかしい綱《つな》よ。なぜ、わたしのような年《とし》寄《よ》りに会《あ》おうともしなかったのだね」

「羅生門《らしょうもん》で鬼退治《おにたいじ》をしたのですが、その鬼《おに》が七日《か》のうちに腕《うで》をとりにくるのです」

綱《つな》がそう話《はな》すと、おばあさんはおどろいて、

「まあ、それは、わたしの育《そだ》てた子《こ》がたいへんな手柄《てがら》をしたものだ。※冥土《めいど》のみやげに、その鬼《おに》の腕《うで》とやらをぜひ見《み》せておくれ」

綱《つな》はていねいにことわりましたが、おばあさんは、急《きゅう》にしょんぼりしました。おばあさんのさびしい顔《かお》を見《み》ていると、どうしても鬼《おに》の腕《うで》を見《み》せてやらなくてはならないような気《き》がしてくるからふしぎです。

「では、ほんの少《すこ》しだけお見《み》せしましょう」

※冥土《めいど》のみやげ……死《し》んであの世《よ》へ持《も》っていくための楽《たの》しい思《おも》い出《で》。

綱《つな》は、そっと箱《はこ》のふたをあけて、鬼《おに》の腕《うで》をおばあさんに見《み》せました。

「まあ、これが、鬼《おに》の腕《うで》かい」

いきなり左腕《ひだりうで》をのばして鬼《おに》の腕《うで》をひったくったおばあさんは、みるみる鬼《おに》のすがたになって、空《そら》に飛《と》びあがり、消《き》えていきました。

京《きょう》の都《みやこ》では、それきり、鬼《おに》が出《で》るといううわさはなくなったということです。

のろいのことばをとなえると

アナンシと五《ご》

ジャマイカの昔話《むかしばなし》

絵《え》　ひだかきょうこ

むかしむかし、ジャマイカの島《しま》に、アナンシという、クモにも人間《にんげん》にもすがたが変《か》えられるふしぎなばけものがいました。

そのアナンシの家《いえ》の近《ちか》くに、「五《ご》」というへんてこな名前《なまえ》の魔女《まじょ》がすんでいました。魔《ま》女《じょ》は自分《じぶん》の名前《なまえ》が大《だい》きらいで、みんなからその名前《なまえ》をよばれることに腹《はら》を立《た》てていました。

あるとき、アナンシが魔女《まじょ》の家《いえ》をのぞくと、魔女《まじょ》は大《おお》きななべに魔法《まほう》の草《くさ》を入《い》れてかきまわしています。なべからけむりが立《た》ちのぼると、魔女《まじょ》は魔法《まほう》のつえをふりあげて、おそろしい呪文《じゅもん》をとなえました。

「『**五**』ということばを口《くち》にしたものは、のろわれろ。その場《ば》で死《し》んでしまうがよい！」

クモのような、人のような、ふしぎないきものアナンシは、もとはアフリカの民話に登場します。移民によってカリブの国々にもそのキャラクターが伝わりました。

読んだよ！

年　月　日　　年　月　日

アナンシはニヤリとしました。

「これはいいことを聞《き》いた。こいつをうまく使《つか》えば、ごちそうにありつけるぞ」

そこでアナンシは、市場《いちば》につづく道《みち》に、さつまいもの山《やま》を五つならべて、だれかが来《く》るのを待《ま》ちました。

そこへ、アヒルがやってきました。

「アナンシさん、ごきげんよう。何《なに》をしているの？」

「さつまいもをほったんですが、頭《あたま》が悪《わる》いもんだから、どれだけとれたかわからなくて、こまっているんです。かわりに数《かぞ》えてくれませんか？」

「いいですとも。一、二、三、四、**五**」

アヒルは、「**五**」と言《い》ったとたんに、魔女《まじょ》ののろいにかかって息《いき》たえ、アナンシはそれをぺろりと食《た》べてしまいました。

次《つぎ》に、ウサギが通《とお》りかかりました。

「こんにちは、アナンシさん、うかない顔《かお》をして、どうしたの？」

「やあ、ウサギさん、じつは、さつまいもの数《かず》がわからなくて、こまっていたんですよ。かわりに数《かぞ》えてくれませんか？」

「いいですとも。一、二、三、四、**五**」

ウサギも「**五**」と言《い》った瞬間《しゅんかん》に、同《おな》じようにのろいにかかって、死《し》んでしまいました。

アナンシはすぐにウサギをまるのみにしました。


しばらくしてハトがやってきました。

「アナンシさん、ごきげんいかが？」

「やあ、ハトさん、助《たす》けてくれませんか。さつまいもをほったのはいいが、どれだけあるか数《かぞ》えられなくて、こまってるんです」

「いいですとも」

ハトは、さつまいもの山《やま》の上《うえ》にぴょんとのると、山《やま》から山《やま》へとびうつりながら、数《かぞ》えはじめました。

「一、二、三、四、
それから、わたしがのってるぶん」
「いやいや、数《かぞ》えかたがおかしいな。もう一度《いちど》お願《ねが》いしますよ」
「あら、すみません、ではもう一度《いちど》。
一、二、三、四、
それと、わたしがのってるぶん」

アナンシはおこりました。

「ちがうだろ。そんな数《かぞ》えかたじゃダメだよ」

「まあ、ごめんなさい。じゃ、もう一度《いちど》数《かぞ》えてみますね。
一、二、三、四、
それと、わたしがのってるぶん」

アナンシはもうかんかんです。

「なんてばかなハトなんだ。いいか。数《かず》っていうのは、こう数《かぞ》えるんだよ。
一、二、三、四、**五**」
「**五**」と言《い》ったとたん、アナンシはバッタリと倒《たお》れて、死《し》んでしまいました。

何《なん》でもかぎわけられる鼻《はな》を手《て》に入《い》れたら？

天狗《てんぐ》の鼻《はな》

原作《げんさく》 豊《とよ》島《しま》与《よ》志《し》雄《お》
絵《え》 タカタカヲリ

平和《へいわ》で豊《ゆた》かなある村《むら》に、あるとき、次々《つぎつぎ》にふしぎなことが起《お》こるようになりました。

夕方《ゆうがた》、ごちそうをこしらえて一家《いっか》そろって食事《しょくじ》をしようとすると、どこからかひどい風《かぜ》が吹《ふ》いてきて、ランプやろうそくの火《ひ》が消《き》えるのです。家《いえ》の中《なか》がまっ暗《くら》になって、びっくり大《おお》さわぎをしてランプにあかりをつけなおすと、お膳《ぜん》の上《うえ》に並《なら》んでいたごちそうが、一つのこらずなくなっています。

そういうことが、毎晩《まいばん》、起《お》こるのです。

だれがごちそうをさらってゆくんだろう？

そのうちに、だれかがいいだしました。

「大《おお》きな羽《は》うちわを見《み》たぞ」

「赤《あか》い高《たか》い鼻《はな》を見《み》たよ」

「なんだか人間《にんげん》のような形《かたち》をした大《おお》きなものが、暗《くら》い空《そら》をふわりふわり飛《と》んでいたぞ」

そこで、みんながいいました。

「天狗《てんぐ》のしわざだ！」

ごちそうをさらう天狗を捕まえてしまおうと知恵を働かせるおじいさん。さて、楽しく酒盛りをして、大天狗を捕まえたのはいいのですが、それからいったいどうしようというのでしょう。

読んだよ！

年　月　日　　年　月　日

さて、その村《むら》に、なまけ者《もの》の酒《さけ》のみじいさんがいました。このじいさん、自分《じぶん》が天狗《てんぐ》を捕《つか》まえてみんなをあっといわせたいものだと思《おも》うようになりました。

ある日《ひ》、じいさんはみごとな料理《りょうり》をこしらえて、天狗《てんぐ》が来《く》るのを待《ま》ちうけました。

しばらくすると、家《いえ》の中《なか》に強《つよ》い風《かぜ》が起《お》こり、ろうそくの火《ひ》が消《き》えて、まっ暗《くら》になりました。じいさんはそれを待《ま》ちかまえていたのです。

「天狗《てんぐ》さん、いよいよ来《き》ましたね。ごちそうを用意《ようい》して待《ま》っていましたよ。いっしょに一杯《ぱい》やりたくて、酒《さけ》も買《か》っておきましたよ」

「ほんとうか？」

闇《やみ》の中《なか》から、どら声《ごえ》がひびきました。

「ほんとうですとも、ほんとうですとも」

じいさんは急《いそ》いでろうそくに火《ひ》をつけました。そこに立《た》っていたのは、※まごうかたなき大天狗《おおてんぐ》でした。

「おまえはなかなか感心《かんしん》なやつだ」

大天狗《おおてんぐ》とじいさんは、楽《たの》しく酒盛《さかも》りをはじめました。やがて天狗《てんぐ》は酔《よ》いつぶれて眠《ねむ》ってしまい、夜明《よあ》け近《ちか》く、じいさんはそっと立《た》ちあがって太《ふと》い縄《なわ》をもってくると、大天狗《おおてんぐ》をしばりあげてしまったのです。

※まごうかたなき……まちがえようがない。

「天狗《てんぐ》のばかやい、とうとう捕《つか》まった！　これから村人《むらびと》の前《まえ》に引《ひ》きだしてやるからな」

天狗《てんぐ》はもがいてにげだそうとしましたが、だいじな羽《は》うちわをとられては力《ちから》が出《で》ません。

「じいさん、まいった。助《たす》けてくれ。わしはもとからの悪《わる》い天狗《てんぐ》ではなかった。ただ、生《う》まれつき、この鼻《はな》がよく利《き》いて、何《なん》でもかぎわけられるだけなのだ。あるとき、山《やま》の奥《おく》から村近《むらちか》くへ出《で》てくると、人間《にんげん》のこしらえるごちそうのいいにおいがする。それが食《く》いとうて、食《く》いとうて、たまらなかっただけなのだ」

大天狗《おおてんぐ》は夢《ゆめ》からさめたような顔《かお》で話《はな》します。

「どうかゆるしてくれ。ゆるしてくれたら、じいさんのほしいものを、何《なん》でもやろう」

そこでじいさんは、天狗《てんぐ》を村人《むらびと》に引《ひ》き渡《わた》さずににがしてやるかわりに、なんと、そのふしぎによく利《き》くという天狗《てんぐ》の赤《あか》い大《おお》きな鼻《はな》を

もらう約束《やくそく》をとりつけてしまいました。

「天狗《てんぐ》の鼻《はな》をやるなんて、特別《とくべつ》なことだ。上《じょう》等《とう》の鼻《はな》をもらったからといって、欲《よく》を出《だ》してはいけないぞ。おまえが欲張《よくば》ったことをしたら、すぐにとりもどしにくるからな」

天狗《てんぐ》は縄《なわ》をといてもらうと、そういって羽《は》うちわをひろいあげ、それでじいさんの低《ひく》い鼻《はな》を三度《ど》あおぎながら、口《くち》の中《なか》でふしぎな呪《じゅ》文《もん》をとなえました。すると、じいさんの鼻《はな》はみるみる高《たか》くなり、何《なん》でもかぎわけられるようになりました。

じいさんがおどろいているうちに、天狗《てんぐ》は羽《は》うちわをはたはたとやりながら、空《そら》に飛《と》びあがり、どこともなく立《た》ち去《さ》りました。

じいさんは天狗《てんぐ》の鼻《はな》をもらってうれしくてたまりません。夜《よ》が明《あ》けると、家《いえ》を飛《と》びだして、村人《むらびと》たちに知《し》らせてまわったのです。

それからというもの、村人《むらびと》たちは安心《あんしん》してごちそうをつくり、恩人《おんじん》のじいさんを歓迎《かんげい》するようになりました。じいさんは、まっ赤《か》な鼻《はな》をうごめかすだけで、ごちそうのある家《いえ》をかぎつけてたらふく飲《の》み食《く》いできました。

でもそのうち、じいさんはつまらなくなってきました。もっとすばらしいものがどこかにあるような気《き》がしてきたのです。

ある日《ひ》のこと、どこからともなく涼《すず》しい風《かぜ》が吹《ふ》いてきました。その風上《かざかみ》の遠《とお》くの遠《とお》くに、よい香《かお》りのするものがあるようです。

「これは天下第一《てんかだいいち》の宝物《たからもの》にちがいない！」

じいさんは天狗鼻《てんぐばな》をウソウソさせながら、山《やま》の奥《おく》へ奥《おく》へと登《のぼ》っていきました。山奥《やまおく》の崖《がけ》のふちまで来《く》ると、崖《がけ》の下《した》の谷一面《たにいちめん》に、すてきな花《はな》が咲《さ》き乱《みだ》れているではありませんか。

ビロードのような花《はな》びらは、赤《あか》や青《あお》や黄《き》や紫《むらさき》やさまざまの色《いろ》をして、その上《うえ》に金色《きんいろ》の花粉《かふん》が露《つゆ》のように散《ち》りこぼれています。すみきった日《ひ》の光《ひかり》がきらきら照《て》らしています。そして、涼《すず》しい風《かぜ》が軽《かろ》やかに流《なが》れるたびに、息《いき》もつけないほどのよい香《かお》りが、むらむらと立《た》ちのぼってくるのです。あまりのことに、じいさんはぼんやりしてしまいました。

その花《はな》をとろうと手《て》をのばしたじいさんは、まっさかさまに崖《がけ》からころげ落《お》ちました。

赤《あか》く高《たか》い鼻《はな》が岩角《いわかど》にぶつかって、ぽきりと折《お》れました。谷底《たにぞこ》にたどりついてみれば、さきほどの花畑《はなばたけ》など、どこにもありません。

「まあ、天狗《てんぐ》の鼻《はな》さえあればいいか」

じいさんがそばに落《お》ちていた赤《あか》い鼻《はな》をひろおうとすると、鼻《はな》は宙《ちゅう》に飛《と》びあがって、空《そら》いっぱいの大《おお》きさになって消《き》えてしまいました。

突然《とつぜん》、雷《かみなり》のような笑《わら》い声《ごえ》が聞《き》こえました。

あはははは

それはきっと、天狗《てんぐ》が笑《わら》ったのでしょう。

命《いのち》のローソクが消《き》えるとき

死神《しにがみ》の名《な》づけ親《おや》

グリム童話《どうわ》
絵《え》 小栗麗加《おぐりれいか》

むかしむかし、とても貧《まず》しい男《おとこ》に、子《こ》どもが生《う》まれました。

男《おとこ》は、いちばんはじめに会《あ》った人《ひと》に、子《こ》どもの名《な》づけ親《おや》になってもらおうと考《かんが》えました。

そして道《みち》に出《で》ると、むこうから、がりがりにやせ細《ほそ》った死神《しにがみ》がやってきました。

「おまえさまはどなたかね？」

「わしは、だれにも死《し》をもたらす死神《しにがみ》だ」

「ああ、それならけっこうだ。おまえさまは、金持《かねも》ちだろうと貧乏人《びんぼうにん》だろうと、公平《こうへい》にあつかってくれるからね。どうかこの子《こ》の名《な》づけ親《おや》になってください」

死神《しにがみ》はうなずいていいました。

落語でおなじみの『死神』は、明治時代に活躍した初代三遊亭圓朝がこの童話を翻案したものだといわれています。くらべてみると楽しいかもしれませんね。

読んだよ！

年 月 日　年 月 日

「わしは、おまえの子《こ》どもの名《な》づけ親《おや》になり、その子《こ》をきっと金持《かねも》ちにしてやろう」

さて、その子《こ》が大《おお》きくなったある日《ひ》、死神《しにがみ》がやってきて、その子《こ》を森《もり》の中《なか》へつれていって、いいました。

「さあ、名《な》づけ親《おや》からのお祝《いわ》いをうけとりなさい。おまえを高名《こうめい》な医者《いしゃ》にしてあげよう」

そして死神《しにがみ》は、そこにはえている薬草《やくそう》を見《み》せて教《おし》えました。

「おまえが病人《びょうにん》のところへよばれるときには、わしもいっしょに行《い》ってやろう。わしが病人《びょうにん》の頭《あたま》のほうに立《た》ったら、その病人《びょうにん》はきっと治《なお》るといって、この薬草《やくそう》をのませなさい。病気《びょうき》はかならずよくなるから。だが、もしわしが病人《びょうにん》の足《あし》のほうに立《た》ったら、その病人《びょうにん》はわしのものだ。薬草《やくそう》はのませずに、この病人《びょうにん》はもう助《たす》かりません、というがいい」

そして最後《さいご》につけ加《くわ》えました。

「くれぐれもいっておくが、名《な》づけ親《おや》のわしにはさからうな。けっして、この薬草《やくそう》をかってに使《つか》ったりしてはならんぞ」

こうして、その子《こ》は世界《せかい》でもいちばんの名《めい》医《い》といわれるようになりました。

「病人《びょうにん》を見《み》ただけで、治《なお》るか、そうでないかがわかる医者《いしゃ》」と評判《ひょうばん》になり、多《おお》くの人《ひと》がたずねてきたので、名《な》づけ親《おや》が約束《やくそく》したとおりの金持《かねも》ちになったのです。

あるとき、王《おう》さまが病気《びょうき》になり、医者《いしゃ》がよばれました。王《おう》さまのベッドに近《ちか》づくと、死《し》神《がみ》が王《おう》さまの足《あし》もとに立《た》っています。ほんとうなら「王《おう》さまの病気《びょうき》はもう治《なお》りません」と、いわなければならないところですが、医者《いしゃ》は「なんとか死神《しにがみ》をだまして、王《おう》さまを助《たす》けられないかな」と考《かんが》えました。

そして、いい方法《ほうほう》を思《おも》いつきました。王《おう》さまをかかえて、頭《あたま》と足《あし》の向《む》きをくるりと入《い》れかえ、死神《しにがみ》が王《おう》さまの頭《あたま》のほうに立《た》つようにしたのです。そうしてから、薬草《やくそう》をのませて、王《おう》さまの病気《びょうき》を治《なお》してしまいました。

死神《しにがみ》は医者《いしゃ》のところへやってきて、こわい顔《かお》でにらみます。

「よくもわしをだましたな。わしの名《な》づけ子《ご》だから、今回《こんかい》だけは大目《おおめ》に見《み》てやろう。だが、二度《にど》とごめんだ。次《つぎ》にこんなことをしたら、ただではすまないからな」

それからしばらくして、こんどはお姫《ひめ》さまが重《おも》い病気《びょうき》にかかってしまいました。悲《かな》しんだ王《おう》さまは『姫《ひめ》を助《たす》けたものは、姫《ひめ》のむこにする』と、国《くに》じゅうにおふれを出《だ》しました。

医者《いしゃ》はお城《しろ》をたずね、お姫《ひめ》さまのところにやってきました。見《み》ると、死神《しにがみ》もそこにいて、お姫《ひめ》さまの足《あし》もとに立《た》っています。

「こんなに美《うつく》しいお姫《ひめ》さまと結婚《けっこん》できたら、なんてしあわせなんだろう」

医者《いしゃ》は、死神《しにがみ》の忠告《ちゅうこく》をすっかりわすれてしまいました。死神《しにがみ》がたいそうおこっていることにも気《き》づかず、お姫《ひめ》さまをだき起《お》こして、王《おう》さまのときと同《おな》じように、頭《あたま》と足《あし》の向《む》きをかえました。そして、いつもの薬草《やくそう》をのませると、お姫《ひめ》さまはたちまち元気《げんき》になりました。

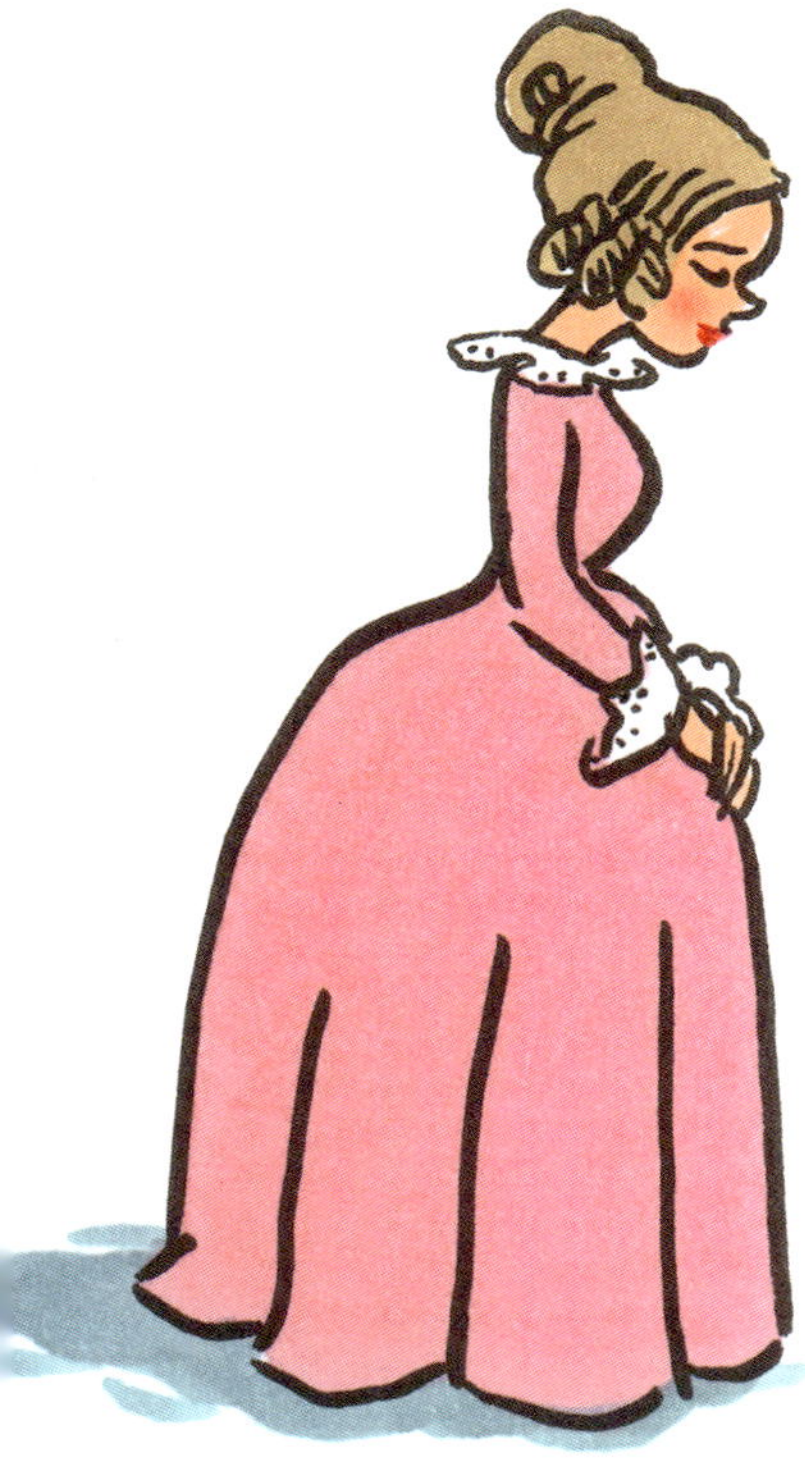

その日《ひ》の夜《よる》、死神《しにがみ》は乱暴《らんぼう》に医者《いしゃ》をひっつかむと、地獄《じごく》の洞窟《どうくつ》につれていきました。

　そこには、たくさんのローソクが何列《なんれつ》も何《なん》列《れつ》も並《なら》んでいて、ゆらゆらと炎《ほのお》がゆらめいています。見《み》ているあいだにも、何本《なんぼん》かのローソクの火《ひ》は消《き》え、そのかわりに別《べつ》のローソクが燃《も》えだします。

　死神《しにがみ》は医者《いしゃ》に話《はな》しかけました。

「どうだ、きれいだろう。これは人《ひと》の命《いのち》のローソクだ。大《おお》きく太《ふと》いのは未来《みらい》のある子《こ》どもたち。中《ちゅう》くらいのは中年《ちゅうねん》、細《ほそ》くて小《ちい》さいのが老人《ろうじん》だ。でも、なかには、子《こ》どもや若者《わかもの》でも、小《ちい》さなローソクのものもいる」

「わたしの命《いのち》のローソクはどれですか？」

「見《み》るがいい。これだ」

「ええっ！　こんなに小《ちい》さくて、いまにも消《き》えてしまいそうじゃないですか？」

「ほんとうは、もっと大《おお》きく、長《なが》いはずだったが、わしをだまして王《おう》と姫《ひめ》を助《たす》けたので、そのぶん、小《ちい》さくなってしまったのだ」

　医者《いしゃ》はおどろき、あわてて、必死《ひっし》で死神《しにがみ》にたのみました。

「新《あたら》しいローソクの火《ひ》をつけて、長生《ながい》きできるようにしてください。わたしはこれからお姫《ひめ》さまと結婚《けっこん》するんです」

「それはできない相談《そうだん》だ。新《あたら》しい火《ひ》をつけるには、別《べつ》の火《ひ》を消《け》さなくてはならない」

「それなら、あの小《ちい》さいローソクを、新《あたら》しい太《ふと》いローソクにつぎたしてください。お願《ねが》いしますよ」

　死神《しにがみ》は、自分《じぶん》を二度《にど》もだました医者《いしゃ》をゆるすつもりはなかったのですが、たのみを聞《き》いてやるように、大《おお》きな新《あたら》しいローソクをもってきました。そして、火《ひ》をうつすふりをして、わざと小《ちい》さいローソクをたおし、火《ひ》を消《け》してしまったのです。

　そのとたんに、医者《いしゃ》はたおれて、死神《しにがみ》のものになってしまいました。

やまんばからにげたつもりの馬吉《うまきち》は……

やまんばと馬吉《うまきち》

原作《げんさく》　楠山《くすやま》正雄《まさお》
絵《え》　古内《ふるうち》ヨシ

冬《ふゆ》の寒《さむ》い日《ひ》でした。

馬吉《うまきち》は、大根《だいこん》をたくさん馬《うま》に積《つ》んで、町《まち》から村《むら》に帰《かえ》る途中《とちゅう》です。

後《うし》ろから「馬吉《うまきち》、馬吉《うまきち》」と呼《よ》ぶ声《こえ》がします。

馬吉《うまきち》は、えりもとから水《みず》をかけられたようにぞっとしました。なぜって、この山《やま》にはやまんばがすんでいるという言《い》い伝《つた》えがあるのです。ふりかえる勇気《ゆうき》のない馬吉《うまきち》は、返事《へんじ》をしないで、すたすた、馬《うま》をひいていきました。

少《すこ》し行《い》くと、また後《うし》ろから、「馬吉《うまきち》、馬吉《うまきち》」と呼《よ》ぶ声《こえ》です。耳《みみ》をおさえて、目《め》をつぶって、馬吉《うまきち》がだまって行《い》きかけると、こんどは耳《みみ》のそばで、「馬吉《うまきち》、馬吉《うまきち》」と呼《よ》ばれました。

その声《こえ》があんまり近《ちか》いので、馬吉《うまきち》は思《おも》わず、「はい」と返事《へんじ》をしてしまいました。

ふりむくと、すぐ後《うし》ろに、ねずみ色《いろ》のぼろぼろの着物《きもの》を着《き》て、やせこけて、いやな顔《かお》をしたばあさんが、すっと立《た》っているではありませんか。

そして、馬吉《うまきち》と目《め》があうと、にたにたと笑《わら》って、やせた手《て》でおいでおいでをしました。

「馬吉《うまきち》、馬吉《うまきち》、ダイコン一本《ぽん》おくれ」

こわーいやまんばのお話。「ダイコン一本おくれ」という要求が見るまにエスカレートしていきます。馬吉もやまんばに食べられてしまうのでしょうか。『山姥《やまうば》と馬子』より。

読んだよ！

年　月　日　　年　月　日

馬吉《うまきち》が一本《ぽん》わたすと、ばあさんは耳《みみ》までさけるようなまっ赤《か》な口《くち》で、もりもり食《た》べはじめました。髪《かみ》の毛《け》が一本《ぽん》一本《ぽん》さかだって、それはやっぱり、やまんばでした。

やまんばは大根《だいこん》を食《た》べおえると、馬吉《うまきち》に、また、やせた手《て》をだしました。

「馬吉《うまきち》、馬吉《うまきち》、ダイコンもう一本《ぽん》」

もらっては食《た》べ、やまんばは、あっというまに馬《うま》の背《せ》にのせた百本《ぽん》の大根《だいこん》をのこらず食《た》べてしまいました。

馬吉《うまきち》はあとも見《み》ずに、馬《うま》を引《ひ》っぱってにげだしました。ところが、やまんばはすばやく追《お》っかけてきて、追《お》いつくやいなや、またまた、やせた手《て》をだしました。

「馬吉《うまきち》、こんどは、馬《うま》の足《あし》を一本《ぽん》」

馬《うま》の足《あし》？　馬吉《うまきち》は生《い》きた心地《ここち》がしません。ふるえている馬《うま》を、ぐいっとやまんばにおしつけると、身軽《みがる》になって、どんどん、どんどんにげだしました。

いつもなら馬《うま》をひいて家《いえ》へ帰《かえ》る、よく知《し》ったはずの一本道《いっぽんみち》です。ところがどうしたことなのか、夢中《むちゅう》でにげるうちに、馬吉《うまきち》はすっかり道《みち》に迷《まよ》ってしまいました。どこをどう歩《ある》いているのか、まるで知《し》らない山《やま》の中《なか》の道《みち》を、心細《こころぼそ》くたどっていくばかりでした。

ようやく、山《やま》をくだった谷底《たにぞこ》に、見《み》たこともないような一軒《けん》のあばら屋《や》を見《み》つけました。

「助《たす》かった。これは人《ひと》の住《す》んでいないうちのようだ。今夜《こんや》はそっとここにかくれて、夜《よる》の明《あ》けるのを待《ま》つことにしよう」

そっとあばら屋《や》にしのびこんだ馬吉《うまきち》は、くもの巣《す》だらけのはしごをのぼって、二階《かい》の部《へ》屋《や》でねることにしました。

すると、夜中《よなか》すぎになって、下《した》の戸口《とぐち》からだれかが入《はい》ってきた音《おと》がします。

馬吉《うまきち》がこわごわ二階《かい》からのぞいてみると、月《つき》の光《ひかり》に照《て》らされてぶつぶつひとりごとをいっているのは、なんと、さっきのやまんばではありませんか。

「きょうは　久《ひさ》しぶりのごちそうだった。
ダイコンもうまかった。馬《うま》もうまかった。
あれで　うっかり　馬吉《うまきち》をのがさなければ
なおよかったのに、ああ、残念《ざんねん》だった」

馬吉《うまきち》はふるえあがりました。

やまんばは大《おお》あくびをすると、さらにこんなひとりごとをいいました。

「ああ、くたびれた。眠《ねむ》くなった。
今夜《こんや》は　どこにねようか。
すっぽりと臼《うす》の中《なか》か、ほかほかの釜《かま》の中《なか》か。
それとも　寒《さむ》い二階《かい》にしようか」

馬吉《うまきち》は、

「もうこんどこそは助《たす》からない」

と思《おも》いました。

「やまんばのやつ、おれが上《うえ》にいるのを知《し》って、あがってきて食《た》べるつもりだろう」

馬吉《うまきち》は、ぶるぶるふるえながら、いまにもやまんばが来《く》るだろうと待《ま》っていました。

ところが、やまんばは、すぐにはあがってきませんでした。

「二階《かい》にあがれば　ネズミがさわぐ。
すっぽり臼《うす》の中《なか》は　くもの巣《す》だらけ。
釜《かま》の中《なか》なら　ぽかぽかしてるし　安心《あんしん》だ。
うーん　やっぱり　釜《かま》の中《なか》にねよう」

やまんばはひとりごとをいいながら、大《おお》きな釜《かま》のふたをとって中《なか》に入《はい》ったかと思《おも》うと、ぐうぐう、高《たか》いびきで眠《ねむ》ってしまいました。

二階《かい》からこれを見《み》ていた馬吉《うまきち》は、あることを考《かんが》えつきました。

やまんばを起《お》こさないように、はしごをそっとおりると、ぬきあしさしあし庭《にわ》へ出《で》て、いちばん大《おお》きな石《いし》を、うんすん、うんすん、かかえあげて運《はこ》んできました。

「うんとこしょ」

やまんばがねている釜《かま》のふたの上《うえ》に、大《おお》きな石《いし》をのせて、重《おも》しにしました。

釜《かま》の中《なか》からは、あいかわらず、やまんばの

高《たか》いびきがぐうぐうと聞《き》こえてきます。

次《つぎ》に馬吉《うまきち》は、庭《にわ》から枯《か》れ枝《えだ》を集《あつ》めてきて、釜《かま》の下《した》で火《ひ》を焚《た》きました。

釜《かま》の底《そこ》が熱《あつ》くなり、こげてきて、さすがのやまんばもびっくりして目《め》をさましました。

「おお、熱《あつ》い！」

そういって、釜《かま》から飛《と》びだそうとしました。

あわててふたをもちあげようとするのですが、上《うえ》から重《おも》しがのしかかっていて、ぜんぜん身動《みうご》きができません。

馬吉《うまきち》は枯《か》れ枝《えだ》を燃《も》やして歌《うた》いました。

馬食《うまく》うばばあは　どこにいる
寒《さむ》けりゃ　どんどん　焚《た》いてやる
熱《あつ》けりゃ　火《ひ》になれ　骨《ほね》になれ

とうとう釜《かま》がまっ赤《か》に焼《や》けました。

そのころにはやまんばも、体《からだ》じゅうが火《ひ》になって、そしてやがては骨《ほね》ばかりになってしまいましたとさ。

子《こ》を思《おも》う気《き》持《も》ちが起《お》こした奇跡《きせき》

子育《こそだ》てゆうれい

日本《にほん》の昔話《むかしばなし》

絵《え》 福田紀子《ふくだのりこ》

江戸《えど》のむかしのお話《はなし》です。

たとえ昼間《ひるま》は人《ひと》が行《い》き交《か》うにぎやかな町《まち》でも、夕暮《ゆうぐ》れになると「逢魔《おうま》が時《とき》」といって、人々《ひとびと》は妖怪変化《ようかいへんげ》にあうことをおそれたものでした。まして夜《よ》ふけには、まっ暗《くら》なさびしい辻《つじ》に、人《ひと》のすがたなどありません。

そんな町《まち》の一角《いっかく》に、一軒《けん》の飴屋《あめや》がありました。ある真夏《まなつ》の夜《よる》のことです。

とん、とん、とん……。

閉《し》めきったはずの店《みせ》の雨戸《あまど》をたたく音《おと》がします。すっかり眠《ねむ》りこんでいた店《みせ》の主人《しゅじん》が起《お》きだして雨戸《あまど》をあけてみると、そこに立《た》っていたのは、若《わか》い女《おんな》の人《ひと》でした。

こわいけれどせつないお話です。六文銭は「三途の川の渡し賃」ともいわれ、江戸時代には、「あの世にいくときに困らないように」と、お棺の中に入れる風習がありました。

読んだよ！

年　月　日　　年　月　日

「遅《おそ》くにすみません。これで飴《あめ》をください」
女《おんな》の人《ひと》は小《ちい》さな声《こえ》でそういうと、手《て》ににぎりしめた一文銭《いちもんせん》を店《みせ》の主人《しゅじん》にわたしました。
きれいな女《おんな》の人《ひと》でした。でも、声《こえ》は小《ちい》さく、顔色《かおいろ》は悪《わる》く、髪《かみ》はばさばさと乱《みだ》れるがまま。蒸《む》し暑《あつ》い夏《なつ》の夜《よる》だというのに、手《て》にとった一《いち》文銭《もんせん》はなぜかひんやりと冷《つめ》たいようでした。

「こんなに遅《おそ》くに、どうしたのだろう」
店《みせ》の主人《しゅじん》は心《こころ》のうちでふしぎに思《おも》いながら、飴《あめ》をわたしました。女《おんな》の人《ひと》は、ゆっくりひとつ、静《しず》かにおじぎをしたと思《おも》うと、すうっと消《き》えるようにお店《みせ》から出《で》ていきました。

とん、とん、とん……。

「遅《おそ》くにすみません。これで飴《あめ》をください」

ふしぎな女《おんな》の人《ひと》は、次《つぎ》の日《ひ》も夜《よ》がふけてから、おなじように一文銭《いちもんせん》をもって、飴《あめ》を買《か》いにやってきました。


とん、とん、とん……。

「遅《おそ》くにすみません。これで飴《あめ》をください」

また次《つぎ》の日《ひ》も、女《おんな》の人《ひと》はやってきて、ひんやり冷《つめ》たい一文銭《いちもんせん》をだして飴《あめ》を買《か》い、すうっと消《き》えるように帰《かえ》っていったのです。

四日《か》めの夜《よる》、どうもようすがあやしいと、店《みせ》の主人《しゅじん》は思《おも》いきって声《こえ》をかけてみました。

「おすまいはどのあたりで？」

女《おんな》の人《ひと》は下《した》をむいたまま、はっきり答《こた》えようとしませんでした。

「夜《よる》は危険《きけん》です。明《あか》るい昼《ひる》にいらしては？」

そういっても、答《こた》えません。

「いったいぜんたいどういうことです。わたしも毎晩《まいばん》たたき起《お》こされるのは、こまります」

強《つよ》いことばでいってみると、女《おんな》の人《ひと》はかぼそい声《こえ》でようやく答《こた》えました。

「すみません。夜《よる》でないとだめなのです」

こうして、女《おんな》の人《ひと》は六日《か》つづけて、夜《よ》ふけに飴《あめ》を買《か》いにやってきました。

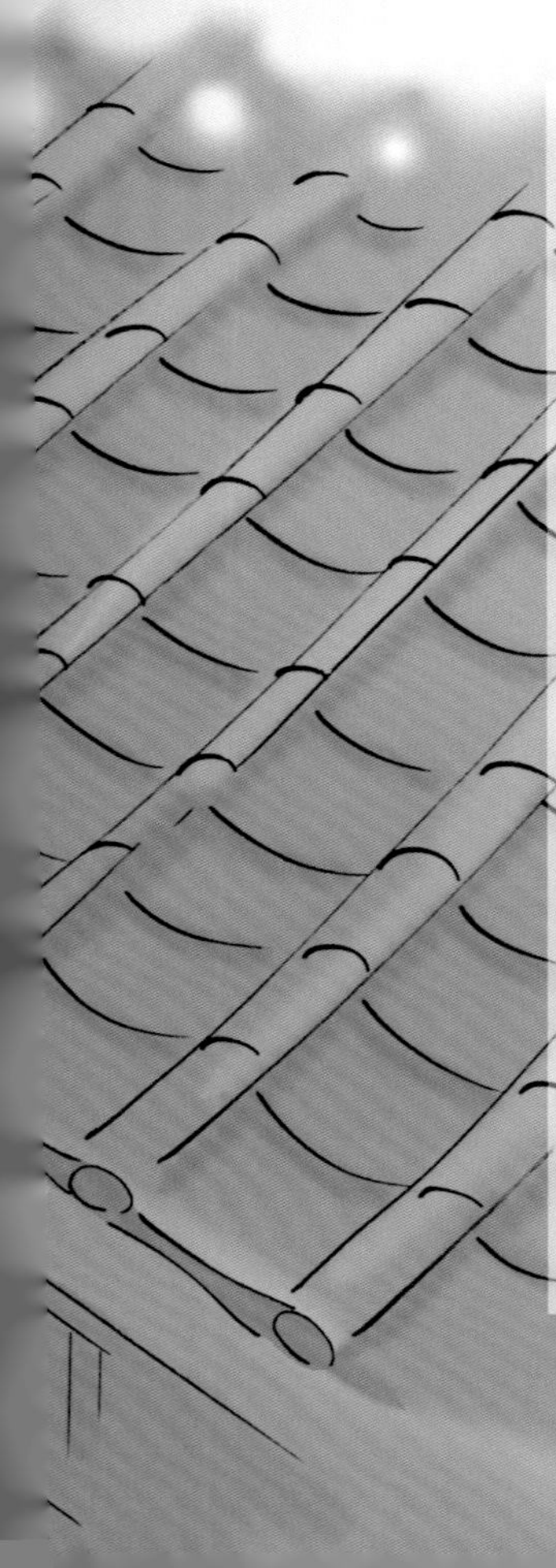

そして、七日《か》めの夜《よる》のこと。

とん、とん、とん……。

「遅《おそ》くにすみません。……飴《あめ》がほしいのですが、もうお金《かね》がありません」

女《おんな》の人《ひと》は小《ちい》さくいって、泣《な》きました。

店《みせ》の主人《しゅじん》はこまりはてました。しかし、

「何《なに》かよほどの事情《じじょう》がおありなのでしょう」

そういうと、お金《かね》をうけとらずに飴《あめ》をわたしてあげたのです。

「……ありがとうございます。

……ありがとうございます。

……ありがとうございます……」

かぼそい声《こえ》ではありましたが、女《おんな》の人《ひと》は、何度《なんど》も何度《なんど》もお礼《れい》をいうと、すうっと夜《よる》の道《みち》へ出《で》ていきました。

あめ

飴屋《あめや》の主人《しゅじん》は、ふしぎでなりません。そっとあとをつけてみることにしました。

女《おんな》の人《ひと》は、すうすうとすべるようにして、町《まち》をぬけていきます。

はて、この先《さき》には大《おお》きなお寺《てら》があるきりだが、と、主人《しゅじん》がいぶかしく思《おも》っていると、女《おんな》の人《ひと》は、迷《まよ》わずお寺《てら》の門《もん》を入《はい》っていきました。

「おやおや、お寺《てら》におすまいか」

主人《しゅじん》がつづいて門《もん》を入《はい》ってみると、女《おんな》の人《ひと》は庫裡《くり》を回《まわ》って墓地《ぼち》のほうにすすんでいき、とつぜんふうっと消《き》えてしまったのです。

店《みせ》の主人《しゅじん》はおどろきました。

気《き》のせいか、まっ暗《くら》な墓地《ぼち》のどこからともなく、赤《あか》ん坊《ぼう》の泣《な》き声《ごえ》がするようです。飴屋《あめや》の主人《しゅじん》は、おそろしくなって、声《こえ》もだせないままに、墓地《ぼち》からにげ帰《かえ》りました。

次《つぎ》の日《ひ》、店《みせ》の主人《しゅじん》は、夕《ゆう》べのふしぎな話《はなし》を近所《きんじょ》の人《ひと》たちに聞《き》かせ、お寺《てら》の和尚《おしょう》さんにも

話《はな》して、みんなで墓地《ぼち》に行《い》きました。

「このあたりで、すがたが消《き》えたのです」

店《みせ》の主人《しゅじん》がいうあたりには、少《すこ》し前《まえ》に、赤《あか》ちゃんがおなかにいながら亡《な》くなった、女《おんな》の人《ひと》のお墓《はか》がありました。

かすかに赤《あか》ん坊《ぼう》の泣《な》き声《ごえ》が聞《き》こえます。みんなで墓《はか》をほりかえすと、死《し》んだ女《おんな》の人《ひと》の腕《うで》に、かわいい赤《あか》ちゃんがだかれているではありませんか。そして、あの世《よ》で使《つか》うようにとお棺《かん》に入《い》れた六《ろく》文銭《もんせん》がなくなっていたのです。

「お棺《かん》の中《なか》で生《う》まれた子《こ》を生《い》かそうと、ゆうれいになって、六文銭《ろくもんせん》で飴《あめ》を買《か》いにでていたんじゃな」

「えらいもんじゃのお」

店《みせ》の主人《しゅじん》たちは、手《て》をあわせて、亡《な》くなった女《おんな》の人《ひと》を拝《おが》みました。

赤《あか》ん坊《ぼう》はお寺《てら》でだいじに育《そだ》てられて、やがてりっぱなお坊《ぼう》さんになったそうです。

世界《せかい》でいちばん有名《ゆうめい》ななぞなぞ

スフィンクスのなぞかけ

ギリシャ神話《しんわ》
絵《え》 書画家《しょがか》夏生《なつき》

ギリシャの勇者《ゆうしゃ》オイディプスは、テーバイの町《まち》にむかって旅《たび》をしているところです。

そのころ、テーバイの近《ちか》くのピキオンという山《やま》に、スフィンクスという怪物《かいぶつ》がすみついていました。

スフィンクスは、美《うつく》しい女性《じょせい》の顔《かお》と乳房《ちぶさ》をもっていましたが、体《からだ》はライオンで、背《せ》にはワシのようなつばさがある怪物《かいぶつ》です。女神《めがみ》ヘラが、テーバイの人々《ひとびと》をこらしめるために、スフィンクスを送《おく》りこんだのです。

スフィンクスは、山道《やまみち》を通《とお》る旅人《たびびと》たちに、あるなぞなぞを出《だ》し、なぞがとけないものは、かたっぱしから食《く》い殺《ころ》していました。

なぞがとかれたときに、このわざわいから解放《かいほう》されるだろう、と神《かみ》からのお告《つ》げがあったので、テーバイの人々《ひとびと》は、なんとかスフィンクスのなぞなぞをとこうとしましたが、これまではだれも成功《せいこう》しませんでした。

「それなら、わたしがそのなぞをといて、怪《かい》物《ぶつ》を退治《たいじ》してやろう」

人間がなぞなぞが大好きなのは、なぞがとけたときの「そうか！」というひらめきが、脳にとって快感だからなのだそう。スフィンクスのなぞを親子で味わってみてください。

読んだよ！

年　月　日　　年　月　日

なぞにいどむオイディプスに、スフィンクスは問《と》いかけました。

「一つの声《こえ》をもち、朝《あさ》には四本足《ほんあし》、昼《ひる》には二本足《ほんあし》、夜《よる》には三本足《ぼんあし》で歩《ある》くものは何《なに》か。そのいきものは足《あし》がいちばん多《おお》いとき、いちばん弱《よわ》く、歩《あゆ》みがおそい」

オイディプスはしばらく考《かんが》えたあとに、にっこり笑《わら》って答《こた》えました。

「その答《こた》えは人間《にんげん》だ。なぜなら、人間《にんげん》は赤《あか》ちゃんのときにははいはいで歩《ある》き、成長《せいちょう》して大人《おとな》になれば二本足《ほんあし》で歩《ある》く。そして老人《ろうじん》になると、つえをついて、三本足《ぼんあし》になるからね」

なぞをとかれたスフィンクスは、山《やま》の頂《ちょう》上《じょう》から身《み》を投《な》げて死《し》んでしまいました。これもむかしからのお告《つ》げのとおりだったということです。

いとしい妻《つま》をとり返《かえ》すために勇気《ゆうき》をふるって

死者《ししゃ》の国《くに》に行《い》ったオルフェウス

ギリシャ神話《しんわ》
絵《え》 書《しょ》画《が》家《か》夏《なつ》生《き》

むかしむかし、雲《くも》につつまれてそびえるギリシャのオリンポス山《さん》に神々《かみがみ》の宮殿《きゅうでん》がありました。そこにすむ神々《かみがみ》の一人《ひとり》、アポロンは予言《よげん》と音楽《おんがく》をつかさどる神《かみ》でした。

オルフェウスはそのアポロンの息子《むすこ》で、お父《とう》さんから音楽《おんがく》の才能《さいのう》をうけついでいました。オルフェウスが竪琴《たてごと》を奏《かな》でながら歌《うた》うと、虫《むし》も鳥《とり》もけものも、オルフェウスのまわりに集《あつ》まって、その音楽《おんがく》にうっとりとききほれるのでした。

ギリシャでも、また日本の神話でも、地底深くに死者がすむ国があると考えられていました。死者をよみがえらせるために、守らなくてはならない決まりが似ているのもおもしろいですね。

読んだよ！

年　月　日　　年　月　日

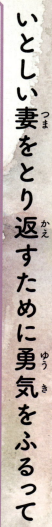

やがて、オルフェウスは、美《うつく》しいエウリディケと結婚《けっこん》しました。愛《あい》しあう二人《ふたり》は、毎日《まいにち》なかよくくらしていましたが、あるときエウリディケは、草《くさ》むらの中《なか》にいた毒《どく》ヘビをふんで、かかとをかまれ、死者《ししゃ》の国《くに》へ行《い》ってしまいました。

「ああ、エウリディケ。ぼくをおいて、死者《ししゃ》の国《くに》へ行《い》ってしまうなんて」

エウリディケが恋《こい》しくてたまらないオルフェウスは、ついに、妻《つま》をさがしに死者《ししゃ》の国《くに》に行《い》こうと決心《けっしん》します。

「ぼくのこの音楽《おんがく》をきいたら、死者《ししゃ》の国《くに》の王《おう》ハデスとそのお妃《きさき》のペルセポネが、エウリディケを返《かえ》してくれるかもしれない」

オルフェウスは苦心《くしん》のすえ、死者《ししゃ》の国《くに》への道《みち》を見《み》つけだし、暗《くら》く長《なが》い道《みち》を下《した》へ、下《した》へと歩《ある》いていきました。

死者《ししゃ》の国《くに》の門《もん》を守《まも》る巨大《きょだい》な番犬《ばんけん》のケルベロスは、三つの頭《あたま》をもち、竜《りゅう》のしっぽと首《くび》から無数《むすう》のヘビをはやしたおそろしいすがたをしています。三つの頭《あたま》のうち、いつもかならず

一つは起《お》きていて、門《もん》を見《み》はっていますが、オルフェウスが竪琴《たてごと》を奏《かな》でると、三つともぐっすりと眠《ねむ》ってしまいました。それで、オルフェウスは、ハデス王《おう》とペルセポネの玉座《ぎょくざ》の前《まえ》にたどりつくことができたのです。

オルフェウスは、竪琴《たてごと》をひきながら、しずかに歌《うた》いだしました。

「死者《ししゃ》の国《くに》をおさめる神《かみ》、ハデスさま、すべての生《い》きるものはみな、いずれはあなたのもとにまいります。でも、つぼみのまま、あなたの国《くに》にむかえられたエウリディケを、どうかもう少《すこ》し、わたしといっしょに過《す》ごさせてください」

愛《あい》と真心《まごころ》のこもったその歌《うた》をきいて、死者《ししゃ》たちも感動《かんどう》して泣《な》いています。ペルセポネも心《こころ》を動《うご》かされ、エウリディケを返《かえ》してあげるように説得《せっとく》したので、冷《つめ》たく情《なさ》け容赦《ようしゃ》のないハデスも、オルフェウスの願《ねが》いをききとどけてやることにしました。

「死者《ししゃ》の国《くに》のおきてを一度《いちど》だけやぶろう。エウリディケをつれて帰《かえ》るがよい。だが、一つだけ約束《やくそく》してほしい、オルフェウスよ。地《ち》上《じょう》に出《で》るまで、どんなことがあっても、けっしてふりかえってはならぬ」

オルフェウスは、エウリディケをしたがえて、まっ暗《くら》でけわしい道《みち》を地上《ちじょう》にむかってどんどん歩《ある》きました。ようやくあたりが明《あか》るくなり、あと一歩《いっぽ》で地上《ちじょう》への出口《でぐち》です。

「ほんとうにエウリディケはついてきているのだろうか」

急《きゅう》に不安《ふあん》になったオルフェウスは、つい後《うし》ろをふりかえってしまいました。それはほんの一瞬《いっしゅん》でしたが、エウリディケは、みるみる暗《くら》い死者《ししゃ》の国《くに》へとひきもどされていきました。オルフェウスはあわてて手《て》をさしだしましたが、とどきません。

妻《つま》を追《お》って死者《ししゃ》の国《くに》にもどろうとしたオルフェウスでしたが、約束《やくそく》を守《まも》らなかったものが入《はい》ることは、二度《にど》とゆるされませんでした。

地上《ちじょう》に帰《かえ》ったオルフェウスは、毎日《まいにち》うしなったエウリディケを思《おも》い、なげきくらしたということです。

ひと目《め》でも見《み》たら、そのおそろしさに……

メドゥーサの首《くび》

ギリシャ神話《しんわ》

絵《え》　書画家《しょがか》夏生《なつき》

むかしむかし、ギリシャに神々《かみがみ》がいたころのお話です。ある島《しま》に、力《ちから》がとても強《つよ》く、勇敢《ゆうかん》で、母親思《ははおやおも》いの若者《わかもの》ペルセウスがおりました。

島《しま》の王《おう》は、ペルセウスの母《はは》ダナエの美《うつく》しさに目《め》をつけて、自《じ》分《ぶん》の妻《つま》になるようにとしつこく言《い》い寄《よ》りましたが、ダナエは相《あい》手《て》にせず、ずっとことわりつづけていました。

ダナエのそばには、いつも強《つよ》いペルセウスがついているので、目《め》ざわりに思《おも》った王《おう》は、ある計《けい》

髪の毛一本一本がすべてヘビという印象的なメドゥーサの首。神話の後日談で、女神アテナの盾にかざられたとされ、多くの絵画や彫刻のモチーフになりました。

読んだよ！

自分で読んだよ！　年　月　日

自分で読んだよ！　年　月　日

画《かく》を思《おも》いつきました。ペルセウスに、メドゥーサというおそろしい怪物《かいぶつ》を退治《たいじ》して、その首《くび》をとってくるように命《めい》じたのです。もちろん、ペルセウスが失敗《しっぱい》して、命《いのち》を落《お》とすことを期待《きたい》してのことでした。

　メドゥーサは、ゴルゴン三姉《し》妹《まい》の末《すえ》の妹《いもうと》で、もとはきれいな長《なが》い髪《かみ》がじまんの美《うつく》しい娘《むすめ》でした。でも、その美《うつく》しさを鼻《はな》にかけて女神《めがみ》アテナをばかにしたため、髪《かみ》の毛《け》一本《ぽん》一本《ぽん》すべてを、ヘビにかえられてしまったのです。その顔《かお》を見《み》たものは、おそろしさのあまり、みんな石《いし》になってしまうのでした。

「見《み》ただけで石《いし》になってしまうような怪物《かいぶつ》を、どうやってたおしたらいいんだろう」

考《かんが》えこむペルセウスの前《まえ》に、二人《ふたり》の神《かみ》があらわれました。

「メドゥーサ退治《たいじ》の手助《てだす》けをしてあげよう」

知恵《ちえ》と戦《たたか》いの女神《めがみ》アテナは、鏡《かがみ》のようにみがきあげられた盾《たて》を貸《か》してくれました。

「この盾《たて》に、メドゥーサのすがたを映《うつ》しながら戦《たたか》えば、石《いし》になることはありませんよ」

もう一人《ひとり》の神《かみ》ヘルメスは、メドゥーサのうろこを断《た》ち切《き》ることのできる剣《けん》をさしだして、いいました。

「ゴルゴン姉妹《しまい》の居場所《いばしょ》を知《し》っているのは、グライアイという三人《にん》のおばあさんだという。そこへ案内《あんない》してあげよう」

グライアイは、三人《にん》で、たった一つの目《め》と一本《ぽん》の歯《は》を、かわりばんこに使《つか》わなければならないので、だれがそれを使《つか》うかで、いつもけんかをしています。ペルセウスは、すきをみて、その目《め》をうばってしまいました。

「これを返《かえ》してほしければ、メドゥーサのすみかを教《おし》えてくれ」

「なんてことだい、年寄《としよ》りにはやさしくするもんだよ。でもしかたがない。教《おし》えてやろう。メドゥーサのすみかを知《し》っているのは、わたしたちじゃない。神々《かみがみ》の黄金《おうごん》のりんごを守《まも》っているニンフ※なんだよ」

ペルセウスはグライアイに目《め》を返《かえ》し、旅《たび》をつづけ、ニンフを見《み》つけだしました。

「メドゥーサを退治《たいじ》してくれるかたに、よろこんで協力《きょうりょく》しましょう」

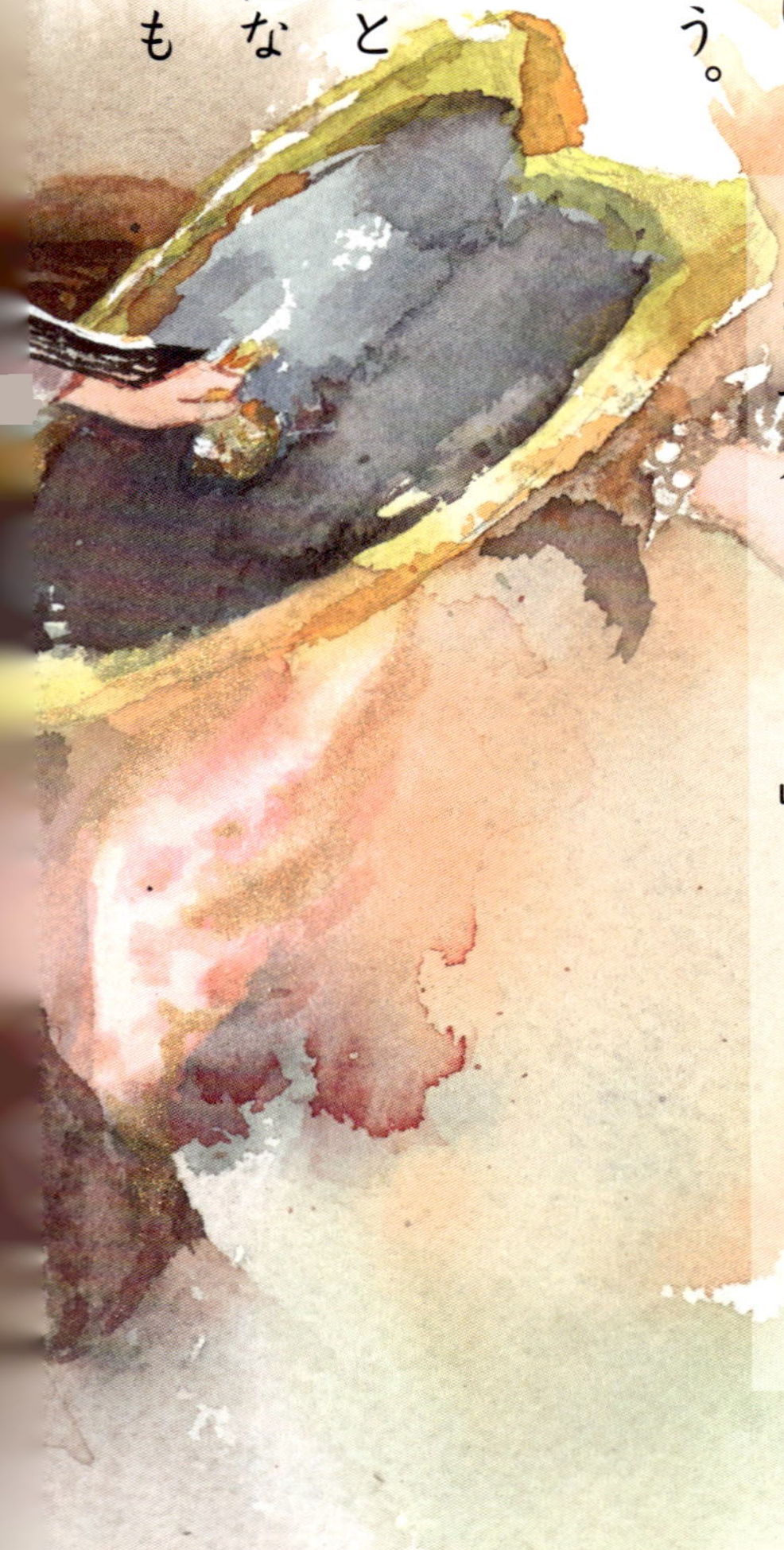

※ニンフ……山《やま》や川《かわ》や泉《いずみ》などの精霊《せいれい》。

ニンフはゴルゴン姉妹《しまい》がすんでいる島《しま》を教《おし》えてくれました。そのうえ、空《そら》を飛《と》べるつばさがついたサンダルに、かぶるとすがたが見《み》えなくなる兜《かぶと》、そしてメドゥーサの首《くび》を入《い》れて運《はこ》べる魔法《まほう》の袋《ふくろ》を貸《か》してくれたのです。すべての用意《ようい》がととのったペルセウスは、いよいよゴルゴンの島《しま》へとむかいました。

真夜中《まよなか》、ペルセウスは、メドゥーサがすんでいる洞窟《どうくつ》にたどりつきました。暗《くら》い洞窟《どうくつ》の中《なか》、メドゥーサはぐっすりと眠《ねむ》っていますが、髪《かみ》の毛《け》のヘビたちは、くねくねと不気味《ぶきみ》にうごめいています。よく見《み》ると、そのまわりには、奇妙《きみょう》な形《かたち》の岩《いわ》がゴロゴロころがっています。それはメドゥーサを見《み》たために、石《いし》になってしまった人間《にんげん》やけものたちでした。どの石《いし》も、おそろしさにゆがんだ顔《かお》をしています。

「メドゥーサを直接《ちょくせつ》見《み》てしまわないように、気《き》をつけて近《ちか》づかなければ」

ペルセウスは、メドゥーサのすがたを盾《たて》に映《うつ》してたしかめながら、地上《ちじょう》におり立《た》ち、その首《くび》を剣《けん》でいっきに切《き》り落《お》としました。

その物音《ものおと》で、メドゥーサの二人《ふたり》の姉《あね》が目《め》をさましました。妹《いもうと》の首《くび》がなくなっていることを知《し》ると、たけだけしいさけび声《こえ》をあげて、ペルセウスを追《お》いかけてきます。

ペルセウスは、急《いそ》いでメドゥーサの首《くび》を魔《ま》法《ほう》の袋《ふくろ》にほうりこむと、すがたの見《み》えなくなる兜《かぶと》をかぶって、空《そら》へと飛《と》びあがり、無事《ぶじ》ににげることができました。

故郷《こきょう》の母《はは》ダナエは、ペルセウスがいないあいだも、王《おう》からむりやり結婚《けっこん》をせまられていました。ペルセウスは、母《はは》を苦《くる》しめつづけた王《おう》をゆるすつもりはありません。

ペルセウスが無事《ぶじ》に帰《かえ》ってきたことを祝《いわ》う宴会《えんかい》が開《ひら》かれることになりました。

「ほんとうに、その袋《ふくろ》の中《なか》に、メドゥーサの首《くび》が入《はい》っているのか？」

王《おう》は、ペルセウスがほんとうにメドゥーサを退治《たいじ》したのか、うたがっていたのです。

「それなら、証拠《しょうこ》を見《み》せてやろう。わたしを信《しん》じるものは、目《め》をつぶっていろ」

メドゥーサの首《くび》を高々《たかだか》とかかげると、ペルセウスを信《しん》じていなかった王《おう》やその家来《けらい》たちは、みなおそろしさにこおりつき、たちまち石《いし》になってしまいました。

ヤマタノオロチ

スサノオがばけもの退治《たいじ》をするまで

日本《にほん》の神話《しんわ》
絵《え》　篠崎《しのざき》三朗《みつお》

『古事記』に登場するお話です。乱暴者で周囲から持て余されていたスサノオですが、ヤマタノオロチ退治をはじめとする数々の経験をへて、りっぱな神様になりました。

読んだよ！

読んでもらったよ！　年　月　日

自分で読んだよ！　年　月　日

はるか遠《とお》いむかし、天《てん》も地《ち》もまじりあって、その区別《くべつ》もなかったころ。天上《てんじょう》の高天原《たかまがはら》というところに、一人《ひとり》の神様《かみさま》が生《う》まれ、次《つぎ》に二人《ふたり》の神様《かみさま》が生《う》まれました。

それから長《なが》い年月《ねんげつ》をかけてたくさんの神様《かみさま》たちが次々《つぎつぎ》に生《う》まれ、最後《さいご》にイザナギとイザナミという二人《ふたり》の神様《かみさま》が生《う》まれました。

イザナギとイザナミは、天《てん》の上《うえ》から、どろどろの油《あぶら》のような大地《だいち》をかきまわし、そのほこをゆっくりとひきあげました。すると、ほこの先《さき》から、ぽたりぽたりと、しずくがしたたりおち、小《ちい》さな島《しま》ができあがりました。

そこで二人《ふたり》は結婚《けっこん》し、天《てん》の上《うえ》から、どろどろの油《あぶら》のような大地《だいち》をかきまわし、ぽたりぽたりとしたたりおちるしずくで、次々《つぎつぎ》と日本《にほん》のたくさんの島々《しまじま》を生《う》みだしました。

さらに二人《ふたり》は力《ちから》をあわせて山《やま》や川《かわ》、木《き》や草《くさ》などの神《かみ》を生《う》み、イネなどの食《た》べものの神《かみ》も生《う》みました。最後《さいご》に二人《ふたり》は火《ひ》の神《かみ》を生《う》みましたが、それはたいへん危険《きけん》なことでした。火《ひ》の神《かみ》を生《う》んだイザナミは大《おお》やけどをおい、死《し》んでしまったのです。

イザナギはさびしくてたまりません。泣《な》きさけんで死者《ししゃ》の国《くに》から妻《つま》のイザナミをよびもどそうとしました。

　イザナギがあまり悲《かな》しむのでイザナミは、

「黄泉《よみ》の国《くに》の神《かみ》と相談《そうだん》してみましょう。そのかわり、死者《ししゃ》の国《くに》である黄泉《よみ》の国《くに》に、生《い》きたあなたは入《はい》ってはいけません。わたしのすがたを絶対《ぜったい》に見《み》ないと約束《やくそく》してください」

と、いいました。

「約束《やくそく》するよ」

　そうイザナギは答《こた》えました。

　しかし、しばらく待《ま》ってもイザナミはあらわれません。待《ま》ちきれずにイザナギは、ゆるしもないままに、黄泉《よみ》の国《くに》に入《はい》ってしまいました。

　まっ暗闇《くらやみ》の中《なか》、動《うご》くものの気配《けはい》を感《かん》じてイザナギが火《ひ》をともすと、そこには、くさった体《からだ》じゅうからウジがわいているイザナミのかわりはてたすがたがありました。

　イザナギはおそろしさのあまり、にげだしました。

　約束《やくそく》を守《まも》らなかったイザナギにおこったイザナミは、さけびながら追《お》いかけてきます。イザナギは、そんなイザナミから必死《ひっし》でにげきり、この世《よ》と黄泉《よみ》の国《くに》の境《さかい》に大《おお》きな岩《いわ》をおいて道《みち》をふさいでしまったのです。

　イザナミはさけびます。

「あれほど見《み》るなといったのに、なんとひどい。これからあなたの国《くに》の人々《ひとびと》を、一日《にち》に千人《にん》ずつ殺《ころ》してやる」

　イザナギは悲《かな》しい声《こえ》で答《こた》えました。

「だったらわたしは、一日《にち》に千五百人《にん》の子《こ》どもが生《う》まれるようにしてみせよう」

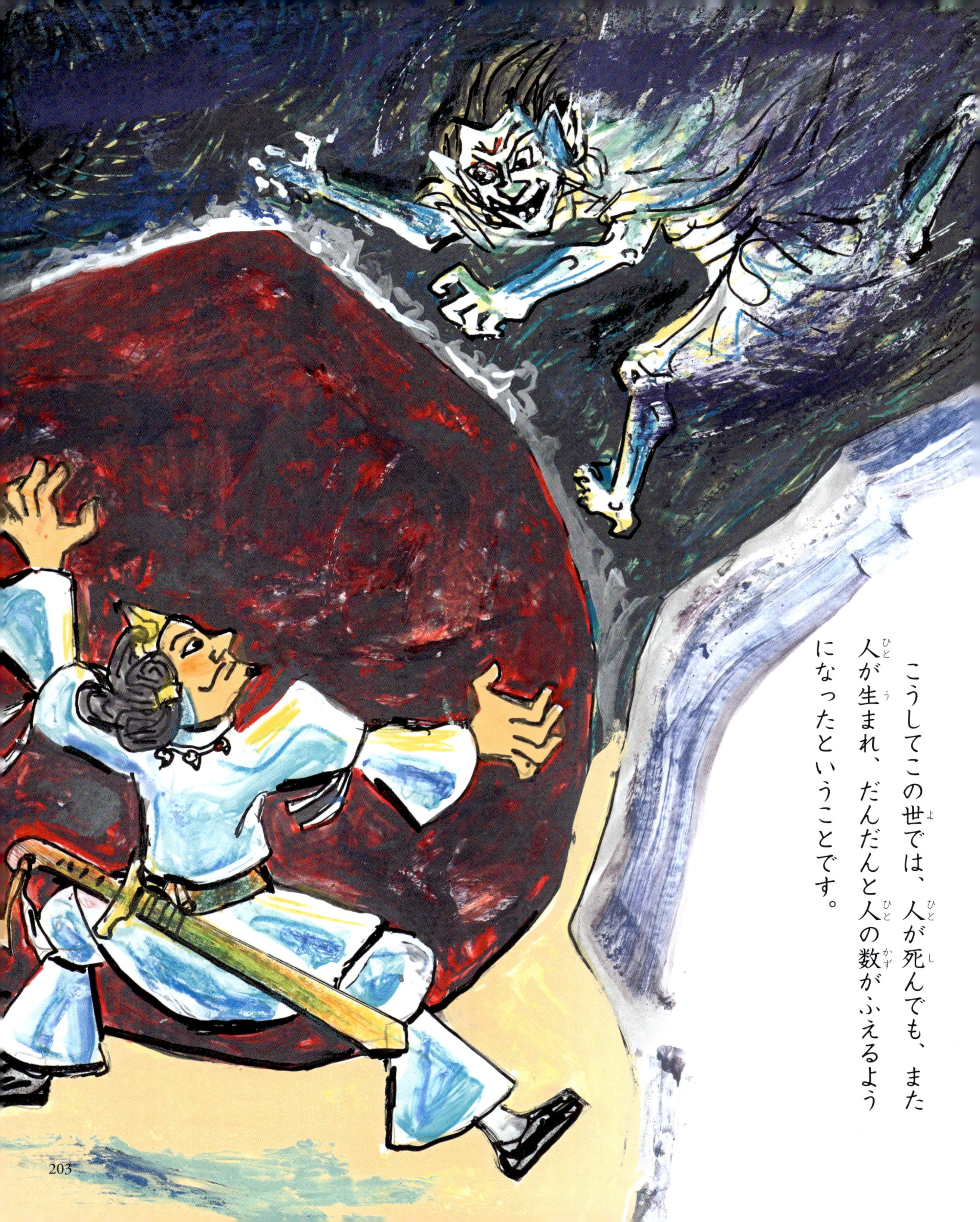

こうしてこの世《よ》では、人《ひと》が死《し》んでも、また人《ひと》が生《う》まれ、だんだんと人《ひと》の数《かず》がふえるようになったということです。

さて、そんなイザナギのもとには三人《にん》の子《こ》どもがのこされました。

姉《あね》のアマテラスは、光《ひか》りかがやく太陽《たいよう》の神《かみ》になりました。兄《あに》のツキヨミは、清《きよ》らかな月《つき》の神《かみ》になりました。そして、末《すえ》っ子《こ》のスサノオは嵐《あらし》のように猛々《たけだけ》しい神《かみ》へと成長《せいちょう》しました。

父《ちち》であるイザナギは、アマテラスには昼《ひる》の国《くに》を、ツキヨミには夜《よる》の国《くに》を、スサノオには海《うみ》の国《くに》を治《おさ》めよと命《めい》じました。

姉《あね》と兄《あに》は父《ちち》にしたがいましたが、末《すえ》っ子《こ》のスサノオはちがいます。

「父上《ちちうえ》、わたしは海《うみ》の国《くに》を治《おさ》めることなど、したいとも思《おも》いません。ただただ、黄泉《よみ》の国《くに》にいる母《はは》に会《あ》いたいのです」

スサノオは泣《な》きわめくばかりで、父《ちち》の言《い》いつけを聞《き》こうとはしませんでした。イザナギは、そのわがままを叱《しか》りつけると、国《くに》を追《お》いだしてしまいました。

行《い》くあてのないスサノオは、姉《あね》のアマテラスの国《くに》、昼《ひる》の国《くに》である高天原《たかまがはら》へ行《い》きました。

乱暴者《らんぼうもの》のスサノオは、ここでもおとなしくしていられません。田《た》んぼのあぜをこわして水《みず》びたしにしたり、くそをまきちらしたり、機織《はたお》り小屋《ごや》に血《ち》だらけの馬《うま》をなげこんだりして大暴《おおあば》れ。そのせいで、けがをした機織《はたお》り姫《ひめ》が一人《ひとり》、死《し》んでしまいました。

これには、さすがに心《こころ》のやさしい姉《あね》のアマテラスもおこりました。

「スサノオ、わたしは二度《にど》とあなたの顔《かお》など見《み》たくありません」

そういうと、まっ暗《くら》なほら穴《あな》の中《なか》へ入《はい》り、ぴったりと岩戸《いわと》をとじてしまったのです。

明《あか》るく平和《へいわ》な昼《ひる》の国《くに》がまっ暗《くら》になりました。

こまりはてたほかの神様《かみさま》たちは、なんとかほら穴《あな》から太陽《たいよう》の神《かみ》アマテラスを引《ひ》っぱりださなくてはと、上《うえ》を下《した》への大《おお》さわぎ。

八百万《やおよろず》の神様《かみさま》たちが知恵《ちえ》を集《あつ》めて儀式《ぎしき》をおこない、楽《たの》しい踊《おど》りをおどるなどして、アマテラスを誘《さそ》いだし、ようやく、アマテラスはほら穴《あな》から出《で》てきました。外《そと》はもとのように明《あか》るくなって、神様《かみさま》たちは大《おお》よろこびです。

高天原《たかまがはら》は明《あか》るい平和《へいわ》の国《くに》にもどりましたが、乱暴者《らんぼうもの》の嵐《あらし》の神《かみ》スサノオのおこないを、ゆるしておくわけにはいきません。

二度《にど》と同《おな》じことをしないよう、スサノオのひげを切《き》り、手足《てあし》のつめをはがし、昼《ひる》の国《くに》からも追《お》いだしてしまいました。

高天原《たかまがはら》を追放《ついほう》されたスサノオは、地上《ちじょう》におり立《た》ちました。そこは、出雲《いずも》の国《くに》といわれるところでした。

スサノオが川《かわ》にそった道《みち》を、たった一人《ひとり》でトボトボと歩《ある》いていると、やがて一軒《けん》の家《いえ》がありました。

「これはよかった。ここにしばらくおいてもらうことにしよう」

スサノオがこっそりのぞいてみると、どうもようすがおかしいのです。

おじいさんとおばあさんが一人《ひとり》の美《うつく》しい娘《むすめ》を囲《かこ》んで、おいおい泣《な》いているではありませんか。

「もしもし、なにが悲《かな》しくて泣《な》いておられるのですか」

スサノオがわけをたずねると、おじいさんは、涙《なみだ》ながらに話《はな》しだしました。

「この家《いえ》には、八人《にん》の娘《むすめ》がおりましたが、ヤマタノオロチという怪物《かいぶつ》におそわれて、毎年《まいとし》一人《ひとり》ずつさらわれてしまいました。いまでは、このクシナダ姫《ひめ》、たった一人《ひとり》だけ」

スサノオはおどろいて聞《き》き返《かえ》します。

「なんと、八人《にん》の娘《むすめ》がいたというのに？」

こんどはおばあさんが、泣《な》き泣《な》き答《こた》えます。

「そのとおりでございます。この七年《ねん》で、七人《にん》の娘《むすめ》がさらわれました。そして、いよいよ明日《あした》、ヤマタノオロチが、一人《ひとり》のこされたこのクシナダ姫《ひめ》をさらいにくるのです」

それが悲《かな》しくて悲《かな》しくて、と、美《うつく》しい娘《むすめ》とおじいさんとおばあさんは、抱《だ》きあって泣《な》きくずれます。

ヤマタノオロチは、頭《あたま》としっぽが八つもあるものすごいばけもので、田畑《たはた》を荒《あ》らしまわるというではありませんか。このあたりに毎《まい》年《とし》あらわれると、娘《むすめ》をさらっては食《た》べてしまうというのです。

「そんなやつに、この美《うつく》しい娘《むすめ》がさらわれてしまうなんて……」

スサノオは、ヤマタノオロチを退治《たいじ》しようと心《こころ》に決《き》めました。

「ところで、強《つよ》そうなおかた、あなたは、いったいどなたさまですか」

おじいさんとおばあさんの問《と》いかけに、スサノオがその名《な》を名乗《なの》ると、二人《ふたり》はびっくり。天上《てんじょう》の高天原《たかまがはら》を追《お》いだされた乱暴者《らんぼうもの》のスサノオの悪《わる》いうわさは、出雲《いずも》の国《くに》まで聞《き》こえていたのです。

「おじいさん、おばあさん。わたしがヤマタノオロチを退治《たいじ》してあげましょう」

うわさに聞《き》く乱暴者《らんぼうもの》にたのむのは気《き》がすすみませんが、娘《むすめ》を助《たす》けてくれるという突然《とつぜん》の申《もう》し出《で》です。よろこんで目《め》と目《め》をみかわす二人《ふたり》に、スサノオはつづけてこういうのでした。

「ただし、わたしがヤマタノオロチを退治《たいじ》したら、クシナダ姫《ひめ》を妻《つま》にください」

結婚《けっこん》という条件《じょうけん》を出《だ》されて、とまどうおじいさんとおばあさん。しかし、さしせまった姫《ひめ》の命《いのち》にはかえられません。

「みるからに強《つよ》そうなおかたです。いまはただ、この乱暴者《らんぼうもの》といわれる神様《かみさま》にすがって、助《たす》けてもらうほかはありません」

クシナダ姫《ひめ》が覚悟《かくご》を決《き》めたように話《はな》すので、おじいさんとおばあさんは、しかたなく承知《しょうち》することにしました。

「では、さっそく」

スサノオはそういうと、その手《て》をクシナダ姫《ひめ》にそっとふれました。すると、ふしぎなことに、姫《ひめ》はあっというまに、髪《かみ》につける一本《ぼん》のクシにすがたを変《か》えたのです。

スサノオは自分《じぶん》の髪《かみ》にそっとそのクシをさし、おじいさんとおばあさんに頼《たの》みました。

「おじいさん、おばあさん。お二人《ふたり》がつくった強《つよ》い酒《さけ》を、八つの瓶《かめ》になみなみとそそいで準備《じゅんび》してください」

家《いえ》の戸口《とぐち》のまわりに八つの瓶《かめ》が並《なら》べられ、準備《じゅんび》はととのいました。ヤマタノオロチがやってきて、大酒《おおざけ》をくらって酔《よ》っぱらったすきに、斬《き》りつけようという作戦《さくせん》です。

夜《よる》になり、あたりをゴウゴウとゆするような大《おお》きな音《おと》とともに、おそろしいばけもののヤマタノオロチがやってきました。

ばけものが近《ちか》づくにつれ、ズシンズシンと地面《じめん》がゆれ、古《ふる》い家《いえ》はいまにも崩《くず》れそうです。

スサノオがものかげにかくれてようすを見《み》ていると、ヤマタノオロチは、酒《さけ》のにおいにつられてやってきました。

八つの瓶《かめ》に近《ちか》づくと、瓶《かめ》の一つ一つに、八つの頭《あたま》を深《ふか》くさし入《い》れ、酒《さけ》をのみはじめます。おじいさんとおばあさんが準備《じゅんび》した特別《とくべつ》な酒《さけ》を、八つの頭《あたま》が、すごい勢《いきお》いでごくごくとのみほしていきます。

やがて、大酒《おおざけ》でふらふらになったヤマタノオロチ。八つの頭《あたま》は、ぐにゃぐにゃとねじれてからんで、身動《みうご》きもとれなくなってしまいました。そこへスサノオは荒々《あらあら》しくおそいかかり、八つの頭《あたま》すべてを切《き》り落《お》としました。

滝《たき》のような血《ち》を流《なが》して、ついにヤマタノオロチは息《いき》たえました。

スサノオがよく見《み》てみると、そのしっぽの中《なか》に、ひと振《ふ》りのりっぱなつるぎが入《はい》っていることがわかりました。

「これはすばらしい。これまでさんざん迷惑《めいわく》をかけた姉《ねえ》さんのアマテラスに、おわびの気《き》持《も》ちをこめて、さしあげるとしよう」

スサノオが手《て》に入《い》れ、アマテラスに手渡《てわた》したといわれるつるぎは、「アメノムラクモノツルギ」とよばれ、三種《さんしゅ》の神器《じんぎ》の一つといわれます。

三種《さんしゅ》の神器《じんぎ》……つるぎのほかに、鏡《かがみ》と勾玉《まがたま》があるといわれる。

ヤマタノオロチを退治《たいじ》したスサノオは、頭《あたま》につけたクシをやさしく手《て》にとりました。

するとふしぎなことに、クシはふたたびクシナダ姫《ひめ》のすがたにもどったのです。

美《うつく》しい姫《ひめ》を前《まえ》にして、さきほどまでの荒々《あらあら》しいたたかいをした神《かみ》とは思《おも》えないほどの小《ちい》さな声《こえ》で、スサノオは話《はな》しかけました。

「わたしは、いままでずいぶん乱暴《らんぼう》もし、しくじりもし、また、苦労《くろう》もしてきました」

クシナダ姫《ひめ》はスサノオを見《み》つめて、一心《いっしん》に聞《き》いています。

「しかし、美《うつく》しいあなたと出会《であ》って、これまで知《し》らなかった気持《きも》ちを知《し》りました。こんなにすがすがしく、なごやかな気持《きも》ちははじめてです。どうかわたしと結婚《けっこん》してください」

スサノオは、クシナダ姫《ひめ》の手《て》をにぎって、そういいました。

クシナダ姫《ひめ》はほおを赤《あか》らめてうなずき、そしてふたりは結婚《けっこん》しました。

こうして、出雲《いずも》の国《くに》を治《おさ》めることになったスサノオは、クシナダ姫《ひめ》となかよくくらし、たくさんの子《こ》どもに恵《めぐ》まれました。

それから長《なが》い長《なが》い年月《ねんげつ》ののちに、スサノオは、強《つよ》くてりっぱな神《かみ》として知《し》られるようになり、やがて、若《わか》いものたちに国《くに》をまかせると、たくさんの子《こ》どもたちのうち、末娘《すえむすめ》のスセリ姫《ひめ》をつれて、海《うみ》のむこうの根《ね》の国《くに》へ行《い》って、くらしたのだそうです。

科学《かがく》がつくりだしてしまった「怪物《かいぶつ》」

フランケンシュタイン

原作《げんさく》　メアリー・シェリー
絵《え》　阪口笑子《さかぐちえみこ》

だれもがその名を知っている「フランケンシュタイン」ですが、実は怪物の名前ではありません。科学の力で命をつくりだすことの意味を考えさせられます。

読んだよ！

年　月　日　年　月　日

フランケンシュタインという名前《なまえ》を聞《き》いたことがありますか？　身《み》の丈《たけ》が三メートルもあるような大男《おおおとこ》で、つぎはぎだらけのおそろしい顔《かお》、ネジやちょうつがいで体《からだ》のあちらこちらをつないで、のっそりと動《うご》きまわる怪物《かいぶつ》。あなたが聞《き》いたその名前《なまえ》は、きっと、こんなイメージだったはず。

でも、もともと、フランケンシュタインというのは、怪物《かいぶつ》をつくりだした若《わか》い博士《はかせ》の名前《まえ》でした。そして、そのお話《はなし》の中《なか》では、博士《はかせ》がつくりだした怪物《かいぶつ》は、最後《さいご》まで「怪物《かいぶつ》」としかよばれない、悲《かな》しいいきものだったのです。

どんなお話《はなし》かって？　これからそれをお伝《つた》えしましょう。

北極《ほっきょく》をめざす探検隊《たんけんたい》が、人《ひと》など住《す》めるはずもない、こごえるような氷《こおり》の海《うみ》で、犬《いぬ》ぞりにのる、やせおとろえた青年《せいねん》を助《たす》けました。船《ふね》に助《たす》けあげられた青年《せいねん》こそ、ビクトル・フランケンシュタイン。彼《かれ》は世《よ》にも奇妙《きみょう》でおそろしい身《み》の上話《うえばなし》を語《かた》りはじめたのです。

「命《いのち》とはなんだろう。命《いのち》はどこからくるのだろう。命《いのち》のないものに、命《いのち》を与《あた》えることはできないのだろうか？」

フランケンシュタイン博士《はかせ》は、大学《だいがく》で科学《かがく》者《しゃ》として勉強《べんきょう》するうちに、命《いのち》の研究《けんきゅう》にのめりこみ、どんどん夢中《むちゅう》になっていきました。

生《せい》と死《し》のなぞをときあかすために、死体《したい》置《お》き場《ば》や墓場《はかば》をたずねては死体《したい》を観察《かんさつ》しました。研究室《けんきゅうしつ》にした自分《じぶん》の部屋《へや》に、こっそりと死体《したい》の一部《いちぶ》を持《も》ち帰《かえ》って、解剖《かいぼう》や実験《じっけん》をくり返《かえ》すほどになりました。

食事《しょくじ》やねる時間《じかん》もおしんで、とりつかれたように研究《けんきゅう》をくり返《かえ》した博士《はかせ》は、ある寒《さむ》い雨《あめ》の夜《よる》、たくさんの死体《したい》のかけらから、人造人間《じんぞうにんげん》をつくりだすことに成功《せいこう》したのです。

命《いのち》をふきこまれた人造人間《じんぞうにんげん》は、ゆっくりと目《め》を開《ひら》きました。呼吸《こきゅう》をはじめ、手足《てあし》をぴくぴくと動《うご》かし、立《た》ちあがったのです。

でも、なんとおそろしいことでしょう。命《いのち》が宿《やど》った瞬間《しゅんかん》、それはおそろしくみにくいすがたに変《か》わってしまいました。つぎはぎだらけのたるんだ肌《はだ》の下《した》に、筋肉《きんにく》や血管《けっかん》がすけて見《み》え、目《め》は暗《くら》くおちくぼんでどんよりとし、唇《くちびる》はどす黒《ぐろ》く結《むす》ばれていました。

「ああ、ぼくは、なんという怪物《かいぶつ》を生《う》みだしてしまったのだ！」

あまりのショックと恐怖《きょうふ》で、博士《はかせ》は部屋《へや》からにげだしました。

寒《さむ》い雨《あめ》の中《なか》、一晩《ひとばん》じゅう町《まち》をさまよって、翌朝《よくあさ》、おそるおそる部屋《へや》にもどると、人造人《じんぞうにん》間《げん》はかげも形《かたち》もありませんでした。

その後《ご》しばらくして、博士《はかせ》の父《ちち》から手紙《てがみ》がとどきました。幼《おさな》い弟《おとうと》がなにものかに殺《ころ》されてしまったという知《し》らせでした。急《いそ》いで実家《じっか》に帰《かえ》った博士《はかせ》は、ぐうぜんのなりゆきから、それがあの人造人間《じんぞうにんげん》のしわざだということを知《し》りました。

「あいつが、なぜ？　あんなにみにくいすがたにつくってしまったぼくへの復讐《ふくしゅう》だというのか？」

博士《はかせ》がつくりだした人造人間《じんぞうにんげん》は、けたはずれの運動能力《うんどうのうりょく》と、人々《ひとびと》をだまし、おとしいれる高《たか》い知能《ちのう》、そして人《ひと》を殺《ころ》すことをなんとも思《おも》わない怪物《かいぶつ》に成長《せいちょう》していたのでした。

「そもそも、命《いのち》のないものに命《いのち》を与《あた》えることなど、してはいけなかったのか」

はげしい後悔《こうかい》と、怪物《かいぶつ》へのにくしみが、博《はか》士《せ》の心《こころ》をかき乱《みだ》しました。

「あいつをこのままほうっておくことはできない。命《いのち》を与《あた》えてしまったぼく自身《じしん》のこの手《て》で、なんとか始末《しまつ》をつけなくては。責任《せきにん》をとるのはこのぼくだ」

博士《はかせ》は、怪物《かいぶつ》を追《お》って、アルプスの山《やま》にたどりつきました。そこへ、怪物《かいぶつ》がおぞましいすがたをあらわしました。

「このばけものめ。おまえをやっつけて、かわいそうな弟《おとうと》のかたきをうってやる」

とびかかる博士《はかせ》を苦《く》もなくかわして、怪物《かいぶつ》はいいました。

「わたしをあなたより大《おお》きく、強《つよ》くつくったことを忘《わす》れてはいけない」

博士《はかせ》は身動《みうご》きすることができません。

「あなたはわたしをつくった親《おや》なのに、みにくいからといって、にくむのか。わたしはあなたから命《いのち》をもらい、ことばも覚《おぼ》えた。わたしはただ愛《あい》と人間《にんげん》らしさがほしかっただけなのに、人間《にんげん》たちはみんなわたしをきらって、のけものにした」

だれにもうけいれてもらえなかった怪物《かいぶつ》は、自分《じぶん》をつくった博士《はかせ》をうらんでいたのです。

「博士《はかせ》、ひとりぼっちのわたしといっしょに生《い》きてくれる女性《じょせい》をつくってくれ。それはあなたにしかできないし、わたしをつくったあなたの責任《せきにん》だ。その願《ねが》いがかなうなら、だれもいない場所《ばしょ》で、その女性《じょせい》とひっそりくらそう」

博士《はかせ》は、怪物《かいぶつ》の願《ねが》いどおりに、女性《じょせい》の人造《じんぞう》人間《にんげん》をつくろうとしました。しかしまよったすえに、つくりかけていたものをこわしてしまいました。二人《ふたり》が子《こ》どもを生《う》み、怪物《かいぶつ》がふえていってはまずいと思《おも》ったからです。

それを知《し》った怪物《かいぶつ》は、絶望《ぜつぼう》と怒《いか》りでさけびました。

「かってにわたしをつくっておいて、ずっとひとりぼっちでいろというのか。たった一つの願《ねが》いさえ、かなえられないのか。それなら、博士《はかせ》、あなたの一生《いっしょう》もけっして幸《しあわ》せなものにはしないから、覚悟《かくご》していろ」

そのことばどおり、博士《はかせ》の結婚式《けっこんしき》の日《ひ》に、怪物《かいぶつ》はあらわれました。そして、妻《つま》となった女性《じょせい》を殺《ころ》してしまったのです。

いちばんだいじな人《ひと》をうばわれた博士《はかせ》は、怪物《かいぶつ》を追《お》って北《きた》の海《うみ》を旅《たび》し、いまこうして北《ほっ》極探検《きょくたんけん》の隊員《たいいん》たちに出会《であ》ったのでした。

「隊長《たいちょう》、ここまでお話《はな》ししてきましたが、どうやら、最期《さいご》のときがきました。人間《にんげん》をにくんでいるあいつが生《い》きているかぎり、まただれかが不幸《ふこう》になるかもしれません。もしあいつがあなたの目《め》の前《まえ》にあらわれたら、かならずやっつけてください。お願《ねが》いします」

そういいのこして、博士《はかせ》は息《いき》をひきとりました。

その日《ひ》の真夜中《まよなか》、船室《せんしつ》に入《はい》っていった隊《たい》長《ちょう》が見《み》たのは、博士《はかせ》の遺体《いたい》の上《うえ》にかがみこんでいる大《おお》きな男《おとこ》でした。ふりかえったときに、長《なが》い髪《かみ》にかくれていた顔《かお》が見《み》えました。それはこれまで見《み》たこともない、ぞっとするような顔《かお》でした。

これこそが、フランケンシュタイン博士《はかせ》が話《はな》していた怪物《かいぶつ》です。

「死《し》んでしまった！　愛《あい》する人《ひと》たちをみんな殺《ころ》したこのわたしが、とうとう博士《はかせ》まで死《し》なせてしまった！」

おどろきのあまり、立《た》ちつくす隊長《たいちょう》にむかって、怪物《かいぶつ》はつづけました。

「わたしは北《きた》の果《は》てに行《い》き、このおぞましい体《からだ》を燃《も》やして灰《はい》にしてしまおう。そうすれば、この苦《くる》しい気持《きも》ちももう感《かん》じなくてすむだろう。さようなら、わたしに命《いのち》を与《あた》えてくれたフランケンシュタイン博士《はかせ》！」

怪物《かいぶつ》はこうさけぶと、船室《せんしつ》の窓《まど》から飛《と》びおりて、暗《くら》やみの中《なか》、はるか遠《とお》くへと消《き》えていきました。その後《ご》、怪物《かいぶつ》のすがたを見《み》たものはだれもいません。

やがて、年月《ねんげつ》がすぎ、いつしか「怪物《かいぶつ》」は、そのつくり主《ぬし》の名前《なまえ》でよばれるようになったのです。フランケンシュタイン、と。

ゾクゾク妖怪図鑑・作＆絵
広瀬克也
再話＆構成
ほんまあかね

カバーイラスト
コンノユキミ
ブックデザイン
坂川栄治＋坂川朱音（坂川事務所）

企画・編集
和田千春（オフィス　ラ・パーチェ）
校　正
北原千鶴子
本文デザイン＆DTP制作
松田修尚、鈴木庸子（主婦の友社）
カバー印刷・加工
太陽堂成晃社
デスク
山岡京子（主婦の友社）

出典
赤いオバケと白いオバケ
『北杜夫全集　第八巻』（北杜夫・著　新潮社　1977年）
たぬきと山伏
『わらしべ長者』（木下順二・著　岩波書店　1962年）

主な参考図書
『小川未明童話集』（小川未明・著　新潮社　1951年）
『小泉八雲集』（小泉八雲・著　新潮社　1975年）
『日本の英雄伝説』（楠山正雄・著　講談社　1983年）
『日本の諸国物語』（楠山正雄・著　講談社　1983年）
『日本の昔話』（柳田国男・著　新潮社　1983年）
『日本の妖怪』（小松和彦・飯倉義之・監修　宝島社　2015年）
『日本の妖怪FILE』（宮本幸枝・編著　学研パブリッシング　2013年）
『日本の妖怪大図鑑①～③』（常光徹・監修　ミネルヴァ書房　2010年）
『日本昔話百選』（稲田浩二・稲田和子・著　三省堂　2003年）
『吸血鬼ドラキュラ』（ストーカー・著　平井呈一・翻訳　東京創元社　1971年）
『トロルの森の物語―北欧の民話集』（クレーギー・著　東浦義雄・翻訳　東洋書林　2004年）
『ニーベルンゲンの歌－ドイツのジークフリート物語』（山室 静・著　筑摩書房　1987年）
『ギリシア神話集』（ヒュギーヌス・著　松田 治・青山照男・翻訳　講談社　2005年）
『ギリシア・ローマ神話――付インド・北欧神話』（ブルフィンチ・著　野上弥生子・訳　岩波書店　1978年）

※お話の中には、一部、不適切とうけとられる可能性のある表現や表記がありますが、
お話の書かれた時代背景を考慮したうえで使用しました。

おばけやようかいが いっぱいでてくる おはなし

平成27年8月20日　第１刷発行
平成28年5月20日　第２刷発行

編　者　主婦の友社
発行者　荻野善之
発行所　株式会社主婦の友社
〒101-8911　東京都千代田区神田駿河台2-9
電話　03-5280-7537（編集）　03-5280-7551（販売）
印刷所　大日本印刷株式会社

ISBN978-4-07-411513-6

読《よ》んだよシール

お話《はなし》を誰《だれ》かに読《よ》んでもらったら、「読《よ》んでもらったよ！シール」を、自分《じぶん》で読《よ》んだら、「自分《じぶん》で読《よ》んだよ！シール」を、そのお話《はなし》のページに貼《は》りましょう。いつ読《よ》んだか、日付欄《ひづけらん》に書《か》いておくといいですね。

●読《よ》んでもらったよ！●

●自分《じぶん》で読《よ》んだよ！●